LES JARDINS DE L'ENFER
de Francine D'Amour
est le trois cent trente-quatrième ouvrage
publié chez
VLB ÉDITEUR.

LES JARDINS DE L'ENFER

du même auteur

LES DIMANCHES SONT MORTELS, Guérin éditeur, 1987

Francine D'Amour

Les jardins de l'enfer

roman

vlb éditeur

VLB ÉDITEUR
1339, avenue Lajoie
Outremont, Qc
H2V 1P6
Tél.: (514) 270.6800

Maquette de la couverture:
Mario Leclerc

Illustration de la couverture:
L'abandon, peinture sur soie
Jean Lussier, 1989

Composition typographique:
Atelier LHR

Distribution:
DIFFUSION DIMÉDIA
539, boul. Lebeau
Ville Saint-Laurent, Qc
H4N 1S2
Tél.: (514) 336.3941

Dépôt légal – 1er trimestre 1990
Bibliothèque nationale du Québec
ISBN 2-89005-384-9

Car celui-là qui s'éloigne de ce qu'il aime
pour détruire son triste amour
la figure de ce qu'il aime
s'isole se dépouille
cache le reste
et davantage le tourmente.

JEAN COCTEAU,
L'Invitation à la Mort

Longtemps, j'ai parlé à voix haute comme font les isolés. Vous, vous tournoyiez au-dessus de ma tête en piaillant. Abasourdi, je discutais, j'argumentais, je me cherchais des excuses et des raisons. La culpabilité me rendait malade.

Puis, avec le temps, j'ai appris à me taire. Vous continuiez de gémir, de protester, de m'accabler de reproches, de proférer des injures et des menaces. Résolu à ne point réagir, je serrais les dents et j'encaissais en silence.

Maintenant, je ne vous entends plus que rarement. Ce sont les voix que j'ai d'abord oubliées – le grain de vos voix disparu déjà. Ne restent que la chair tendre de vos bouches jumelles, l'inoubliable frémissement de vos lèvres d'où s'envolèrent tant de gémissements, de pleurs et de sourires, de baisers aussi, et de paroles dont je ne sais plus aujourd'hui si c'est moi qui les invente ou vous qui me les soufflez une dernière fois, avant de mourir.

Depuis combien de temps vous ai-je abandonnés? Je ne sais plus. Quelques mois à peine. Seule la chatte Aurore fait le compte du temps perdu loin de moi. Vous, bien sûr, n'en savez rien. Vous n'avez jamais rien su de ces choses ordinaires du temps qui passe. Vous ne possédiez ni calendrier ni agenda, pas même de montre à vos poignets de princes adolescents. J'avais voulu fuir jusque dans l'autre hémisphère – peine perdue, croyais-je, jamais je ne parviendrai à me débarrasser de vous.

J'avais tort, puisque je n'entends plus maintenant qu'une rumeur inconsistante, le frêle duo de vos voix désaccordées. Et votre silence. Ce silence sur lequel je viens me poser, comme un oiseau des îles.

M'entendez-vous? Ma voix parvient-elle jusqu'à vous? Je ne sais comment raconter cette histoire brouillonne qui fut la nôtre et dont je ne connaîtrai jamais le dernier épisode puisque, tel un personnage secondaire ou un figurant devenu inutile, j'ai quitté la scène dès que j'ai compris que mon rôle était terminé.

Soyez indulgents, car j'ai peine à m'adresser à vous. J'ai perdu l'habitude de vous donner la réplique. Vous êtes seuls en scène désormais. Moi, j'ai oublié mon texte et c'est pourquoi je vous parle avec lenteur et retenue. Je prends tout mon temps. Je pèse chacun de mes mots. Il m'arrive aussi d'écrire sur des feuilles volantes. J'écris, je relis mon texte à voix haute, je l'enregistre. Et, quand je suis mécontent de ce que je viens de dire, je fais marche arrière. J'efface tout et je recommence. J'appuie sur la touche *rewind*, et le tour est joué.

Voyez: c'est ce que je viens de faire. J'enterre les paroles qui s'effritent entre mes dents sous une couche de paroles nouvelles. Toutes ne franchiront pas la mer, certaines iront se perdre dans le brouillard qui flotte au-dessus des îles, mais d'autres, moins éphémères, vous parviendront peut-être.

Vous m'écouterez, tête penchée et bec cloué. Vous vous rapprocherez l'un de l'autre jusqu'à ne former plus qu'un seul et même être muet – mon amour unique.

Est-ce que vous m'entendez bien? Je m'efforce de parler d'une voix claire et posée. Cela m'est difficile parce que j'ai la gorge nouée. J'étouffe. Parfois, je bute sur un mot dangereux. À l'évidence, je ne suis pas un beau parleur.

Mon discours sera ponctué de vides, mais, rassurez-vous, vous ne risquez rien car, tout au long de notre entretien, je veillerai à ce que vous ne chutiez point au fond de ce gouffre qui, désormais, nous sépare. Le moment venu, moi seul succomberai.

Vous reconnaissez mes silences – cette façon particulière que j'avais de me taire et qui vous irritait tant, l'un comme l'autre –, vous les devinez derrière l'enchaînement laborieux des phrases. Et vous les comblez par autant de rires, de soupirs et de chuchotis impatients.

Ne craignez rien: j'abandonnerai bientôt ce ton compassé, presque solennel, mais laissez-moi d'abord me familiariser avec cette machine rétive à laquelle je parle, sous l'œil vigilant de Lolo, qui se promène à pas menus entre les tables du Las Rocas et qui, chemin faisant, jette en passant des regards dédaigneux sur le petit tas noir que forment les iguanes marins empilés devant le bassin. Vous ne connaissez pas Lolo. C'est un grand héron bleu, une bête un peu dégénérée qui ne bouffe que des *chips con salsa* et du chocolat. Raúl, son maître, obéit à tous ses caprices. Vous comprenez ce que je veux dire par là, n'est-ce pas? Je suis sûr que vous n'avez pas bouffé autre chose depuis mon départ et que les tapis sont jonchés de papiers gras. À moins que vous n'ayez déjà trouvé un substitut, un nouveau maître, un serviteur empressé – quelqu'un à qui vous faites la grâce de le laisser, à son tour, passer le balai sous vos pieds?

Un substitut, un nouveau maître, un serviteur... C'est la machine qui fait des siennes. J'appuie sur stop, puis je repars en marche arrière; je *rewind* encore et encore. C'est plus fort que moi: je reviens sans cesse sur le passé, je ressasse mes souvenirs dans l'espoir qu'ils s'effacent de ma mémoire au fur et à mesure que je les enregistre.

J'ai toujours radoté ainsi, dites-vous? À vous entendre, j'avais toujours tort. Je parlais trop ou pas assez. Vous ne supportiez ni le bavardage ni le silence. Vous étiez intraitables.

Pourquoi suis-je venu jusqu'ici, si loin de vous et de

la chatte Aurore? Sans doute pour que recommence indéfiniment le cruel défilé des questions, suppositions, hypothèses, évidences vite rejetées parce que trop douloureuses, explications apaisantes mais hélas! peu crédibles, ce ressassement quotidien d'un passé avec lequel j'avais cru rompre en vous l'abandonnant pour que vous le reniiez, le saccagiez et vous en disputiez les restes jusqu'à ce que, repus, vous partiez en quête de proies nouvelles.

Lolo tend son bec jaune de grand héron bleu vers l'appareil que j'ai posé sur la table de fer devant moi. Vous savez bien, ce minuscule magnétophone que je vous avais offert à l'époque où vous aviez résolu d'apprendre les langues étrangères. Vous seriez de grands reporters, affirmiez-vous, et vous sillonneriez le monde entier; vous vous voyiez déjà, matraquant de questions les princes et les terroristes, mitraillant les foules et les chefs d'État, et vous paradiez devant le grand miroir du salon, vifs et décoiffés, bloc-notes en main, objectifs en bandoulière, magnétophone en poche. Je l'ai pris par mégarde; il traînait au fond du sac où j'avais fourré mes affaires à la hâte.

Dans les mois qui ont précédé mon départ, vous n'utilisiez plus guère ce jouet que pour enregistrer vos énigmatiques mots de passe. Dès que l'un de vous s'éloignait, il composait un message que l'autre passait et repassait en attendant son retour. Les messages étaient faits d'insultes ou de mots doux. À vos yeux, cela revenait au même.

Le héron Lolo se dandine, il continue à faire le pitre. Il lorgne vers mon assiette. Il adore les olives. On dirait la chatte Aurore, se trémoussant et jouant de sa queue naine jusqu'à ce que, excédé mais attendri, je consente à lui lâcher le morceau.

Ma vieille Aurore... Te soignent-ils comme tu le mérites? J'en doute. Je suis sûr qu'ils ont oublié de renouveler ton collier et qu'ils ne te caressent pas souvent le ventre, là où ton duvet de lapin blanc se colore de poils corail. J'aurais dû t'emmener avec moi. Mais je suis parti si vite... D'ailleurs, tu mourrais de peur, ma douce, si tu voyais toutes ces bêtes étranges qui peuplent les îles – dragons nains crachant le sel et grands oiseaux de mer braillant à la tombée du jour.

La chatte Aurore! Sera-t-elle blottie sur vos genoux quand vous recevrez ce message enregistré? Ses oreilles frémiront-elles quand elle reconnaîtra le son de ma voix? Vous, peut-être, refuserez de m'entendre, mais elle, ma toute belle, m'écoutera, et je lui raconterai ce qu'il en est de cet archipel où je suis venu me réfugier parmi les espèces rares et menacées qui ont fait leur cet amoncellement de cendres et de scories. «Les jardins de l'enfer», écrivait Darwin.

Quand j'ai débarqué, c'était encore la saison sèche. La traversée avait été difficile et j'avais le cœur au bord des lèvres. Je n'ai pas le pied marin, autant vous l'avouer.

Auriez-vous mieux supporté le voyage? Je me le demande parfois. Nous rêvions d'appareiller ensemble pour le bout du monde, mais nous menions une existence de reclus, loin de la mer et de ses merveilles.

Seul et vacillant encore, j'ai marché vers la plage. J'étais fatigué, si fatigué que je ne pensais même pas à vous. Je n'avais plus qu'une envie: m'étendre sur un bloc de lave, avec les otaries à fourrure que j'apercevais paressant sur la plage. Je me suis endormi là, non loin du village où j'habite depuis: Puerto Ayora, *isla* Santa Cruz.

Ne venez pas: vous seriez déçus. Il pleut depuis des jours. De juin à décembre, une petite pluie fine s'abat sur les îles. C'est la *garua* qu'amènent les vents du sud-est. Les touristes n'aiment pas la *garua*. Ils sont venus de l'autre hémisphère, avides de soleil. J'ai été comme eux. Plus maintenant. La *garua* m'apaise et je me noie avec les îles qui flottent dans le brouillard.

Vous souvenez-vous? Nous parcourions ensemble ces territoires écartés du rêve. Prisonniers de notre cage, nous rêvions d'espace et d'envol. Vous vous moquiez de moi. J'étais prudent, timoré, d'une pusillanimité telle que je mourrais, disiez-vous, rivé à mon perchoir. Vous aviez tort, car, voyez, c'est moi qui le premier ai fait le saut.

Raúl, le maître de Lolo, vient de m'apporter un *Galapago*. C'est l'heure de mon premier apéritif. Je n'ai perdu aucune de ces petites habitudes qui vous agaçaient tant, constatez-vous en soupirant. De la terrasse, j'aperçois un bout de mer et des traînées rosâtres de soleil couchant. Le *Galapago* est un mélange tonique fait de rhum brun, de vodka et d'un peu de jus de tamarin.

Vous n'aimez pas l'alcool, je sais. Vous ne buviez que du lait, et un peu de ce champagne que je vous offrais quand vous réclamiez une fête. Les derniers temps, nous faisions souvent la fête. Il fallait bien vous tirer hors de cette torpeur qui semblait s'être abattue sur vous. Une torpeur maligne au fond de laquelle vous ne cessiez de glisser, immobilisés chaque jour davantage dans l'attente de je ne sais quelle indéfinissable pulsion. Sous vos paupières rouge vif d'oiseaux de nuit, vos yeux noirs brillaient encore, vigilants. Je pensais que votre vie tout entière était contenue là, dans cette haute tension du regard. Sans doute est-ce cela que j'ai voulu fuir, cet appel incessant, cette prière véhémente que j'entendais quand, tout à coup, vous leviez sur moi des yeux hurlants.

J'aurais voulu m'approprier cette douleur qui faisait de vous des princes dormants. Sans raison apparente, vous aviez peu à peu cessé de jouer; vous ne posiez plus devant les miroirs; vous aviez remisé vos panoplies de reporters polyglottes; vous gisiez sur vos coussins, beaux et las. Vous étiez en attente. Insensiblement, vous aviez glissé de la précipitation à la nonchalance, dérivant au gré de vos humeurs, tels d'erratiques blocs de lave. Vous posiez sur toutes choses le même regard flou.

Le mal de vivre ne vous allait pas, il flottait autour de vous comme un vêtement trop large, un peu désuet. Vous souvenez-vous? Vous affirmiez détester ces chemises amples et ces pantalons informes sous lesquels le corps se dissimule. Vous ne vous vêtiez que de fuseaux ou de maillots moulants, exhibant ce désir égotiste que vous aviez l'un de l'autre, vous mirant l'un dans l'autre, parés comme des courtisans. Vous étiez offerts, captifs avant même que d'être pris. Vous attendiez que l'on se saisisse de vous et de cette douleur trop grande dans laquelle vous vous perdiez, que l'on s'éprenne à jamais de vos yeux noirs cerclés de rouge et de vos corps sanglés.

Pourtant, je vous ai abandonnés. Je n'ai pas su trouver le remède qui vous aurait guéris. Était-ce moi qui vous rendais malades? Loin de vous, je m'interroge: peut-être n'avez-vous pas survécu à ce mal dont j'ignore encore l'origine? Depuis que je vis aux îles, il semble que j'en sois atteint moi aussi. Je crains que vous ne m'ayez contaminé.

Vous avouerai-je qu'il m'arrive d'avoir peur de disparaître, moi aussi? Dites-moi: était-ce cela que vous éprouviez quand vous demeuriez prostrés pendant des heures, avachis sur vos coussins ? Aviez-vous parfois cette certitude de ne former plus qu'un agglomérat de molécules et d'atomes indistincts, une éphémère fusion de particules volatiles? Vous paraissiez envoûtés, incapables de contrôler cette réaction mimétique qui faisait de vous des objets en apparence inertes – coussins jetés parmi les coussins s'entassant sur le sol en un désordre que je n'osais troubler.

Il semble que je me confonde avec ces créatures archaïques qui m'entourent – iguanes de terre veillant comme des sphinx sur de fragiles remparts de lave ou chéloniens géants enfouissant leurs rêves sous leurs carapaces centenaires. Quand elles maintiennent leurs pattes d'éléphant repliées, les tortues terrestres ressemblent à de gigantesques quartiers de roche.

Souvent, le matin, je reste des heures sans bouger. Je grimpe jusqu'au sommet de la falaise qui domine la plage, je m'assois sur une roche plate et je contemple le bleu de la mer. Je ne pense à rien, pas même à vous. Je rêve comme rêvent les tortues qui portent sur leur dos l'histoire du monde et de ses métamorphoses. Jusqu'à ce que je ne sache plus qui, de moi ou de la falaise, surplombe l'océan depuis le commencement du monde. C'est alors que j'éprouve une vague nausée – la sensation fugace de disparaître.

Encore un peu et il ne restera de moi qu'une coulée de basalte sur l'océan. Alors, tout me sera devenu complètement indifférent, jusqu'aux griffes des iguanes qui s'enfonceront dans mon dos comme autrefois vos ongles peints et désinvoltes.

Mais je n'en suis pas là, pas encore. J'ai ce besoin urgent de vous parler qui ne me quitte pas. Voyez: aujourd'hui encore, ma voix se casse sur le souvenir de nos étreintes.

Vous étiez pareils à une paire de sangsues s'agrippant à moi, puis vous vous laissiez retomber mollement sur votre couche de coussins. J'étais heureux. J'avais réussi à secouer cette léthargie contre laquelle je me battais si souvent en vain. Vous jouissiez avec un abandon tel que, souvent, je le croyais feint. Mais les marques de vos ongles sur ma peau mettaient longtemps à disparaître. Ensuite, vous posiez sur moi vos yeux flous, momentanément apaisés. Je savais que cette accalmie serait de courte durée. Vous alliez vite revenir à cet état second dans lequel vous vous complaisiez, vous mouvant à peine, retenant parcimonieusement vos gestes, affalés l'un à côté de l'autre, tels ces conglomérats de créatures primitives qui s'entassent devant le bassin.

❑

«L'iguane marin présente un intérêt particulier pour les biologistes, car c'est actuellement le seul saurien du monde qui se soit adapté à la vie marine. Subissant de grandes variations de température, inhabituelles pour un reptile, losqu'il plonge des rochers surchauffés des plages dans l'eau froide de la mer, il lui est nécessaire de retarder son refroidissement, tout en restant actif pour pouvoir se nourrir et échapper à des ennemis éventuels, tels que les requins. De plus, il lui faut se réchauffer le plus rapidement possible lorqu'il regagne la plage. À cela il parvient en modifiant son rythme cardiaque.

On a émis une hypothèse selon laquelle ces iguanes auraient mené, à l'origine, une existence identique à celle des iguanes terrestres qui habitent actuellement les îles. Mais étant en concurrence avec une espèce plus puissante sur la terre ferme, ils se seraient progressivement accoutumés à se nourrir des algues des plages et auraient adopté par la suite une existence marine, assurant ainsi la survie de l'espèce*.»

Mais, protestez-vous, qu'est-ce que cette voix inconnue qui se mêle de troubler notre entretien? Ne vous affolez pas ! ce n'est que la voix de Carlotta, qui vient de lire à voix haute un extrait du texte français que les autorités de la station Darwin lui ont demandé de traduire de l'espagnol. Elle en fera aussi une version anglaise. Car Carlotta, elle, est polyglotte.

* Citation extraite du livre de Gaétan du Chatenet, *Galapagos,* éditions Libri Mundi.

Les iguanes marins sont ces dragons nains dont j'ai déjà parlé. Ils crachent l'excès de sel qu'ils absorbent avec l'eau de mer et les algues. Mais je m'illusionne sans doute en m'imaginant que la faune animale de l'archipel vous intéresse. Dommage ! J'avais cru que vous seriez curieux d'apprendre les deux ou trois choses que je sais de ces îles où, vraisemblablement, vous ne mettrez jamais les pieds.

Carlotta n'est pas que traductrice, elle est aussi biologiste. C'est elle qui me sert de guide dans ce laboratoire à ciel ouvert que sont les îles Galapagos. Elle s'intéresse beaucoup aux tortues. Au début pourtant, la station Darwin n'a pas voulu d'elle. «À cause de mon passé douteux», m'a-t-elle un jour expliqué. Il semble que les scientifiques se méfient de ces dilettantes qui, de temps à autre, s'échappent hors terrain. Carlotta revient de l'enfer. Parfois, elle évoque évasivement les années qu'elle a passées en Amérique centrale. Elle parle de ces camps de fortune où les hommes s'entassent les uns sur les autres à seule fin d'échapper à leurs prédateurs. Qu'est-elle allée faire là-bas? Je n'en sais rien. Carlotta commence à peine à me faire des confidences et, quant à moi, je ne lui en ai encore fait aucune.

En tant que chercheuse, elle a l'autorisation de circuler en toute liberté dans le laboratoire et elle m'emmène sur certaines îles dont l'accès autrement me serait interdit. Aux yeux du personnel scientifique de la station Darwin, je suis un visiteur indésirable qui prolonge indûment son séjour dans l'archipel, mais j'ai appris à me débrouiller avec les autorités du Parc et les services de l'Immigration. Raúl m'aide. Grâce à lui, j'obtiens les visas nécessaires. En échange, je bricole un peu. Pendant la saison sèche, j'ai construit la terrasse et repeint les murs du Las Rocas.

Carlotta est une grande fille dynamique et trapue. Elle

est blonde et son teint d'Anglaise est lumineux. La *garua* rosit ses joues et avive encore l'éclat de ses yeux verts. Vous faites la moue, échangez rapidement un coup d'œil moqueur. Je vois que vous n'aimez pas Carlotta – une forte fille aux dents saines qui ne vous ressemble pas du tout. Ces filles qui aiment d'amour les tortues des îles et les réfugiés des camps vous ont toujours agacés, dites-vous.

Seriez-vous jaloux? Voilà qui serait inespéré puisque, par le passé, mes quelques tentatives en ce sens ont toutes piteusement échoué.

N'avez-vous pas déjà oublié le jour où j'avais ramené à l'appartement ce jeune cycliste dont la blondeur aimable contrastait avec vos manières de sauvages? Comme Carlotta, il avait les yeux verts. Vous aviez feint de l'ignorer, tournant autour de son vélo, tels des fétichistes. Mal à l'aise, le jeune homme s'était enfui au bout de quelques minutes. Les jours suivants, vous vous pavaniez, affublés de serre-tête et de culottes chatoyantes. Le cycliste est revenu deux ou trois fois. Il n'insistait plus pour entrer avec son vélo, il le laissait dehors. Ébouriffant ses mèches blondes, il venait directement dans ma chambre. Il riait bruyamment, heurtait les meubles, m'empoignait, me donnait des bourrades. Il avait le corps élastique d'un athlète. Quand nous quittions la chambre, il fallait enjamber vos deux corps allongés devant la porte. La chatte Aurore dormait, elle aussi, pelotonnée contre vos hanches. Le lendemain, vous affectiez la plus totale indifférence. Puis, le jeune homme a cessé de venir. Quelques mois plus tard, c'était à vous qu'il donnait rendez-vous et, sortant de votre léthargie, vous enfourchiez les vélos neufs que, cédant à votre insistance, j'avais fini par vous offrir. «Nul!», aviez-vous décrété laconiquement, au retour de votre randonnée.

Carlotta ne sait rien de tout cela. Sans doute ne comprendrait-elle pas que, menotté, je ne cherchais pas encore à me libérer, mais mesurais la distance qu'il m'était loisible de mettre entre vous et moi. Il m'arrivait même d'imaginer que je vous chassais de chez moi comme on le fait de bêtes nuisibles. Je serais enfin débarrassé de ces parasites intimes que je devais à mon incorrigible négligence des choses de l'amour. Je ne savais pas encore que, pour vous quitter, il me faudrait partir, vous abandonner mon appartement, la chatte Aurore, et jusqu'au souvenir de ces garçons et de ces filles que je draguais à l'occasion, le long des pistes cyclables.

Car je vous ai tout laissé, je n'ai gardé que des images. La dernière est une caricature. Il fait nuit, deux corps sont renversés au milieu des coussins comme des dormeurs du val et, sous le regard désapprobateur de la chatte de la maison, l'assassin fuit, fourrant billet d'avion et passeport dans la poche revolver de son pantalon. Depuis, il est condamné à errer de par le monde et à vous aimer jusqu'au jour du jugement. C'est ce qui est écrit dans la bulle qui flotte au-dessus de la tête de la chatte.

Ainsi m'arrive-t-il de penser que vous n'avez pas survécu à mon départ.

Carlotta est repartie. Il est sept heures du soir, l'heure à laquelle elle rend visite à Pinta dans son enclos. De la terrasse, je la vois qui se presse sur le sentier qui mène à la station. Elle a une démarche athlétique. Son sac de raquettes d'opuntia se balance au bout de son bras et quelques-unes s'en échappent, mais elle continue son chemin sans se retourner. Pinta raffole des cactus, il les dévore par brassées. Carlotta a reçu de la station Darwin l'autorisation de veiller sur son bien-être. Pinta est la plus célèbre des tortues éléphantines de l'archipel. C'est un vieux mâle qui refuse obstinément de se reproduire. Il y a plus de dix ans que les chercheurs l'ont capturé. Seul survivant de sa race, il menait sur l'île de Pinta une existence chaste et solitaire qu'il poursuit maintenant dans un enclos de la station. Les essais de croisement avec les femelles des autres îles ont tous échoué. Pinta ne paraît pas regretter son île, mais, quand Carlotta prononce son nom, il pointe sa tête triangulaire hors de sa carapace. C'est elle qui a eu l'idée de le baptiser de ce nom qui commémore ses origines. Au début, j'accompagnais Carlotta. Elle me parlait de son protégé. Je l'écoutais distraitement. J'étais fasciné par les yeux de Pinta – de minuscules miroirs saillant hors de deux cents kilos de chair centenaire.

Maintenant, je me poste seul devant l'enclos de Pinta et je contemple cette créature unique qui porte son île sur le dos. La terre entière s'est dépeuplée des femelles de son espèce. Je me plante devant le vieux mâle et j'attends que mon image disparaisse, gobée par ses petits yeux globuleux. Cela me repose.

Car, sachez-le, j'étais fatigué, vidé depuis longtemps quand je vous ai quittés. Il était temps que je sorte de ce cercle vicieux que vous décriviez autour de moi en le resserrant chaque jour davantage. J'étais devenu un épouvantail que vous becquetiez comme des corbeaux. Jusqu'à la chatte Aurore qui entrait parfois dans la ronde, exigeant que je la nourrisse à toute heure, boudant ensuite sa nourriture, mordillant ma main quand, par inadvertance, je la flattais à rebrousse-poil. À votre contact, elle avait perdu un peu de sa bonhomie, de sa grâce replète de petit animal rondouillard. Elle était devenue anxieuse, vivant dans la crainte anticipée d'un départ. Personne ne le lui avait dit, mais elle se doutait bien que quelqu'un partirait bientôt.

Souvenez-vous: il tombait une petite neige fine, cette nuit-là. Vous dormiez profondément. Seule la chatte Aurore veillait encore. Elle m'a accompagné à la porte et, un moment, j'ai eu l'idée de l'emmener avec moi. Elle a humé l'air du dehors, avancé prudemment la tête et glissé ses pattes de devant sur le palier. J'ai jeté un dernier regard sur son corps écartelé – l'avant-train projeté dans l'inconnu et l'arrière cramponné à la carpette familière du couloir de l'entrée. J'ai laissé la porte entrouverte quelques instants, puis je l'ai refermée doucement. La chatte a fait un petit bond en arrière et j'ai fait, moi, le grand bond en avant. Ne vous êtes-vous pas alors retournés dans votre sommeil, tressautant et franchissant en rêve seuils et passerelles d'embarquement? À l'heure où je montais dans l'avion, vous atterrissiez dans les bras l'un de l'autre, courbatus par cette nuit hantée de départs et d'envols. Humant l'air, vous commenciez à comprendre qu'un jour nouveau venait de se lever. Il était midi et personne n'avait préparé le petit déjeuner.

J'achève mon deuxième *Galapago* sous la bruine. Rassurez-vous: j'ai recouvert le magnétophone d'une sorte de housse en matière plastique que j'ai taillée dans un sac. C'est le sac qui contenait les deux cartouches de cigarettes que j'avais achetées à l'aéroport de Mirabel. J'ai cessé de fumer depuis. Cela s'est fait sans mal: j'en ai perdu l'envie simplement. J'éprouve parfois un regret. Oh ! rien de très vif, une brûlure ténue qui irradie dans le centre du corps. Je ne regrette rien du plaisir que me procurait la cigarette, c'est le désir de fumer que je regrette et, avec lui, cette autre vie qui fut la mienne et dans laquelle je m'agitais, submergé de besoins multiples et pressants. Je ne fume plus. Je mange moins. J'ai un peu maigri. Telles ces aiguilles de lave érodées par les vents marins, je m'affine peu à peu. À l'heure du crépuscule, je bois un ou deux *Galapagos.* C'est l'alcool qui me retient ancré à la terrasse du Las Rocas. Autrement, je chavirerais dans la mer de souvenirs qui déferle sur l'horizon d'où, à cette heure, vous surgissez comme des revenants.

Pour que vous m'entendiez bien, je parle de plus en plus fort. Peut-être cela étonne-t-il les touristes hollandais qui mangent près de la porte-fenêtre ouvrant sur la terrasse? Il y a longtemps que Raúl et les habitués du bar ont cessé, eux, de s'étonner. Ils savent qu'à l'heure de l'apéritif, le fou des îles pense à voix haute. Quant à Lolo, il paraît goûter mes soliloques, et plus j'élève la voix, plus il s'accroche à mes basques.

Ce héron domestique est fatigant. Il a déjà mangé toutes les olives. Je n'ai plus rien à lui donner. Mais il insiste encore. Vous voyez ce que je veux dire par là, n'est-ce pas? Comme vous, Lolo croit que j'ai toujours quelque chose à donner. «Ce gringo est intarissable comme la mer», pense-t-il en me pourchassant de son bec tendu. Il se méprend. Vous vous méprenez tous. J'ai changé, croyez-moi, je ne suis plus tout à fait le même.

Le Las Rocas fait aussi restaurant. Le menu n'est pas très varié, mais je m'en contente. Du poisson frais, du riz, une tranche de pain: cela me suffit. C'est ce que Raúl vient de m'apporter. Il me suggère de me joindre aux Hollandais. Je refuse. Mon tee-shirt est humide, j'ai un peu froid, mais je préfère manger seul, en tête-à-tête avec ma machine. Je dîne avec vous ce soir et, puisque vous boudez, qu'à cela ne tienne ! je ferai à moi seul les frais de la conversation. Raúl appelle Lolo, il lance une pelletée de calmars au héron insatiable. Nous serons tranquilles.

Vous vous serrez l'un contre l'autre, tels ces iguanes marins qui s'agglutinent en petits tas frileux. Vous vous exercez peut-être à modifier votre rythme cardiaque, mais je suis sûr que, bientôt, vous vous lasserez de cet exercice, soupirerez, entrerez dans le bar et prendrez place à la table voisine des Hollandais, plongeant dans les têtes blondes vos regards fouailleurs. Il en allait toujours ainsi: j'organisais des pique-niques sur le balcon, mais, à peine avais-je fini de dresser la table, que déjà vous claquiez des dents avec ostentation. Il fallait bien rentrer.

Vous n'étiez jamais vêtus comme il aurait convenu. Vous n'étiez pas convenables. Déboutonnés en hiver, baladant vos jambes nues dès le mois d'avril, vous fuyiez le grand air. Vautrés dans les flaques de soleil, vous teniez compagnie à la chatte Aurore qui ne s'aventure au dehors que par les soirs de grande canicule.

Le ciel est toujours plein d'étoiles, ici. Quand le brouillard se sera dissipé, nous irons les voir. Vous n'aurez pas froid, je vous prêterai l'un ou l'autre de mes chandails en coton ouaté. Vous choisirez vous-mêmes. La faune entière de l'archipel est représentée sur ces sweat-shirts que je collectionne, comme d'autres les cartons d'allumettes. J'ai des iguanes, des tortues, des pinsons, des flamants roses, des frégates magnifiques, des pélicans et des fous – toutes sortes de fous: des fous masqués, des fous à pattes bleues, des fous à pattes rouges. Chandails en coton ouaté et tee-shirts, c'est tout ce que j'ai trouvé à Puerto Ayora. Ma garde-robe se réduit à bien peu de choses. Quand je suis parti, je n'ai pris que les quelques vêtements qui me sont tombés sous la main. Je ne voulais pas donner l'alerte. Je savais bien que vous ne me laisseriez pas partir comme ça, sans chercher à me retenir. Vous alliez encore une fois jouer les enfants terribles jusqu'à ce que, apitoyé, je cède. Il fallait faire vite. Alors, j'ai pris au hasard les choses qui traînaient.

En plus du magnétophone, j'ai emporté par mégarde la longue écharpe de soie javanaise, celle que nous aimions tant. «Notre paréo d'amour», disions-nous en l'enroulant autour de nos hanches comme un drap de bain. Nous étions quelquefois si puérils ! L'avez-vous cherchée partout: derrière les coussins, sous les lits, au fond des tiroirs et des placards? Mais je fabule. Sans doute ne vous êtes-vous même pas aperçus de sa disparition.

Une fois par semaine environ, je prends un bain de minuit. Au sortir de l'eau, je revêts mon paréo. Si, par beau temps, vous regardez en direction de l'équateur, vous apercevrez au loin une grande tache claire qui luira dans la nuit.

Qu'avez-vous à rire ainsi? Vous vous moquez de moi et de mes écharpes de soie, n'est-ce pas? Vous en avez marre de ces fadaises. Ou serait-ce mon accoutrement qui vous amuse autant? Je ne paie pas de mine, je l'admets. D'après Raúl, j'ai l'air d'un gringo attardé. Je porte un tee-shirt troué sous les bras et un short dont les bords s'effrangent. J'ai dû couper les jambes de mon jean. J'ai horreur de ça, et vous aussi, je sais.

Peut-être n'avez-vous pas envie de partager mon repas? Il faut bien que vous mangiez pourtant. J'ai peur que vous n'ayez encore maigri depuis mon départ. Moi, j'avais bien quelques kilos en trop, mais vous, vous n'aviez rien à perdre. Qui vous nourrit en mon absence? Vous êtes au bord de l'inanition, j'en suis sûr. Vite, appuyez sur *stop* et courez au restaurant. Vous trouverez bien quelqu'un pour payer la note. Vous ne pouvez pas continuer à ne bouffer que des saloperies. Vous dites que vous n'avez pas faim. Je connais ça! Vous mangiez toujours du bout des lèvres, enfournant distraitement la nourriture que j'avais préparée pour vous. Vous avaliez une bouchée en faisant des mines, jetiez sans cesse des coups d'œil dans le miroir qui vous faisait face. Vous écarquilliez les yeux comme des cerfs aux abois. Cela me rendait fou! Quand j'avais le dos tourné, vous me faisiez parfois la faveur de terminer votre assiette. Ou bien c'était Aurore, la chatte éléphantine, qui, une fois de plus, faisait une entorse à son régime.

Carlotta, elle, mange de bon appétit. Elle m'invite souvent. La plupart du temps, elle réchauffe un ragoût de cabri. C'est infect, mais cela me change du riz et du poisson. Nous faisons, Carlotta et moi, les frais du programme d'éradication des chèvres sauvages. Les autorités du Parc disent que les chèvres menacent les espèces indigènes. Elles bouffent tout et ne laissent rien pour les tortues. Et, comme elles ne se soucient guère de savoir si ce qu'elles bouffent est endémique ou pas, il faut les chasser. Alors, dès que quelqu'un aperçoit le bout de la queue d'une chèvre, c'est le rodéo qui commence. Ici, les mots «domestique» et «sauvage» ont perdu leur sens. Les pinsons se posent sur les épaules des promeneurs, les otaries plongent sous le ventre des nageurs, mais les chèvres, elles, fuient devant les humains. Même Carlotta, qui est plus ou moins végétarienne, mâchonne consciencieusement sa ration hebdomadaire de cabri. C'est à peu près la seule viande qu'elle et moi consommons. Au XIXe siècle, les baleiniers remplissaient leur cale de tortues. C'était alors un mets très recherché. «Meilleur que le mignon de veau!» affirmaient les gourmets. C'est ce que Carlotta, scandalisée, m'a raconté.

La chair du cabri nécessite quelques apprêts, sinon elle est plutôt coriace. Or, Carlotta ne cuisine pas mieux que vous. Mais, dès qu'elle s'éloigne, j'en profite. J'ajoute une goutte de vin chilien, de la tomate, un piment fort haché menu. Carlotta n'y voit que du feu. Elle prétend qu'elle a un ulcère d'estomac et que la nourriture épicée lui est interdite. En fait, elle en redemande. Vous voyez: malgré mes velléités de changement, je continue à me soucier de l'alimentation de mon entourage. J'ai beau m'enfuir à l'autre bout du monde, je trouve toujours une bouche à nourrir. Sans doute est-ce plus fort que moi?

Vous levez le nez sur les ragoûts de Carlotta. De toute façon, on ne tiendrait pas à quatre dans la chambrette que la station Darwin a mise à sa disposition. Quant à moi, je loge au-dessus du Las Rocas et ne dispose même pas d'un coin cuisine. Voilà pourquoi je mange ce soir sur la terrasse. Vous prendrez-bien une bouchée de ce poisson, ne serait-ce que pour me faire plaisir? Lolo nous apportera du vin blanc. Ou du lait, si vous préférez. Ne faites pas la fine gueule ! je vois bien que vous mourez de faim.

Le ciel est plein d'étoiles maintenant. Ne vous l'avais-je pas promis? Le vent a chassé la bruine et les nuages. Nous irons faire un tour sur le sentier qui serpente au-dessus de la falaise. Nous emporterons le magnétophone. Peut-être rencontrerons-nous Carlotta? Elle aussi est une promeneuse solitaire, mais elle ne nous embêtera pas. Carlotta est une fille discrète. Il arrive que nous passions presque toute la nuit ensemble, assis côte à côte sur le même bloc de lave, le menton sur les genoux. Nous nous taisons pendant des heures. Carlotta s'enferme dans son vaste ciré jaune et elle rêve. À quoi peut bien rêver une fille comme elle? À ce millénaire qui s'achève dans le désordre et la confusion, à la théorie de l'évolution, aux notes qu'elle rédige sur Pinta, à sa renommée future au sein de la communauté scientifique? Mais Carlotta n'est pas très ambitieuse, je crois. Quand je l'interroge, elle dit qu'elle a cessé de courir après la lune et qu'elle n'aspire plus à transformer le monde. Elle sourit toujours quand elle dit ces choses-là. Pense-t-elle vraiment ce qu'elle dit? Quelquefois, elle pique une crise de fou rire. Son rire éclate, il couvre le fracas de l'eau et les grognements des otaries qui plongent des rochers. Vous voyez, elle aussi a ses humeurs. Pour l'en distraire, je sifflotte un air de jazz, *Around Midnight*, par exemple, un air de la nuit qui nous emmène ailleurs, bien au-delà de l'équateur, *anywhere out of the world*.

Vous en avez assez de Carlotta et de ses sautes d'humeur. Quant à cette satanée musique, vous l'avez bien reconnue, n'est-ce pas? C'est celle que j'écoutais peu de temps avant mon départ et qui, déjà, vous était insupportable. Je suis désolé mais je ne connais rien de mieux. Vous abîmiez mes disques, les refiliez à quiconque en manifestait le désir. Une fois, vous en aviez même vendu quelques-uns à un collectionneur – les plus anciens naturellement, ceux auxquels je tenais le plus.

La plupart du temps, les films que je louais vous agaçaient aussi. Dans ces cas-là, vous mettiez la radio à tue-tête. Vous dansiez en piétinant les coussins pendant que la chatte Aurore, qui n'aime que la musique de Mozart, rabattait ses oreilles et fuyait sous mon lit.

Aviez-vous cru qu'en agissant ainsi, je finirais un jour par vous flanquer à la porte? Cela m'étonnerait. Vous aviez confiance en moi. Votre nid de coussins était construit à même le sol, en plein milieu de mon salon. Pourquoi m'en serais-je fait d'ailleurs pour de pareilles vétilles? Vous m'aviez squatté et je n'appellerais pas la police. Ça n'était pas mon genre et vous le saviez.

Avez-vous vu? Un grand oiseau – une frégate magnifique, je crois – vient de piquer une tête dans la mer. À moins que ce ne soit un goéland à queue d'hirondelle? L'un de vous a-t-il remarqué sa queue? Était-elle fourchue? Cela ne vous intéresse pas, dites-vous. Le goéland à queue d'hirondelle vous ressemble pourtant. Comme vous, il pêche la nuit et se repose le jour.

Quand vous aviez dormi tout le jour, vous passiez la nuit à errer d'une pièce à l'autre de l'appartement, cavalant dans le couloir, ouvrant et refermant les portes et les armoires. La chatte Aurore sur les talons, vous sembliez pourchasser d'invisibles créatures tapies dans l'ombre. J'assistais, impuissant, à ce remue-ménage nocturne en attendant le moment où vous consentiriez enfin à regagner votre couche de coussins. D'ordinaire, cela se produisait vers trois ou quatre heures du matin. Au bout de quelques minutes, vous dormiez à poings fermés. Je vous l'ai dit: c'est ce moment-là que j'ai choisi. Je suis parti peu avant l'aube, vous abandonnant à ce sommeil profond où nous avons échangé en rêve nos baisers d'adieu.

C'est à mon tour de rêver maintenant. En vous parlant ainsi que je le fais depuis des heures, je convoque vos esprits chagrins. Boudant les îles, vous levez les yeux vers un ciel étoilé qui vous indiffère. Reconnaissez-vous l'étoile Polaire et la Grande Ourse? Non? Je vous avais pourtant appris à les repérer. Vous voulez rentrer, dites-vous. Patientez un peu, je n'en ai plus pour longtemps.

Vous rappelez-vous ce soir de pleine lune où j'avais perdu la tête et décidé que, sans plus tarder, nous prendrions le chemin de la mer? Nous avions besoin de changer d'air. Non sans mal, je vous avais extirpés de vos coussins et jetés sur la banquette arrière de la voiture où, recroquevillés sous une couverture, vous aviez eu vite fait de reconstituer votre petit nid douillet. Chemin faisant, nous avions fait une halte et, du doigt, je vous avais montré les étoiles, en vous indiquant le nom des constellations. Cet exercice vous avait paru fastidieux. Vous vouliez voir la mer, disiez-vous; vous vouliez la voir tout de suite, cela ne pouvait plus attendre. Il fallait rouler sans s'arrêter. Trois heures plus tôt, vous aviez fait la gueule en montant dans la voiture, maintenant vous brûliez d'impatience et me caressiez la nuque en m'enjoignant de dépasser la vitesse permise. Je refusais. Vous insistiez, argumentiez, disiez n'importe quoi. Cela vous arrivait parfois: vous vous mettiez à parler comme des automates, à tenir des propos confus, de véhéments discours que je devais écouter et, surtout, approuver. Vous entriez en transe, écumiez comme une mauvaise mer. J'écoutais, j'approuvais et le cœur me remontait dans la gorge. Mes mains moites serraient le volant. L'autoroute luisait sous la lune. «Pourquoi mettions-nous autant de temps à nous rendre jusqu'à la mer? Et qu'allions-nous découvrir au terme de ce voyage foireux? – Encore faudrait-il savoir ce que nous cherchons», répondais-je platement. J'en avais assez. Il ne nous restait plus qu'à faire demi-tour. La mer était loin, nous n'y arriverions jamais. Au petit jour, nous entrions dans la ville, il pleuvait, le cendrier était plein de mégots fumants, et j'étouffais.

Je respire mieux maintenant que je vis au grand air.

Il se fait tard, les Hollandais sont partis et Raúl a fini de ranger la cuisine et le bar. Tout est éteint, seul le voyant lumineux du magnétophone est allumé. Lolo dort depuis longtemps, son long bec enfoui sous son aile repliée. Les iguanes ont cessé de grouiller et même les oiseaux de nuit se sont tus. Vous aussi semblez avoir sommeil. Quant à moi, je n'ai pas envie de dormir. La nuit, je sombre au fond d'obscures cavités dont je ne conserve aucun souvenir, si ce n'est la douloureuse sensation de vide qui m'habite au réveil.

Réussirai-je un jour à vous oublier tout à fait? Je lève les yeux au ciel, en quête de ma bonne étoile. Où se cache-t-elle, dites-moi? Derrière la Grande Ourse ou sous la queue du Scorpion? Serait-ce une étoile filante? Une comète ondoyante décrivant son orbite entre les constellations des deux hémisphères? Je vis au milieu du monde, vous le savez maintenant. Je suis parti au hasard, mais c'est ici que j'ai trouvé refuge – en ce lieu de l'équateur où la terre se partage et où je vis, écartelé entre le nord et le sud.

Il en va de même avec vous. Je suis incapable de choisir. Je l'ai toujours été. C'est pourquoi j'emploie le «vous» indifférencié. Cela vous agace, je m'en doute. Mais lequel de vous privilégierais-je? Chacun de vous n'est-il pas le clone de l'autre, son exacte décalcomanie?

Vous faisiez les mêmes caprices, incliniez pareillement la tête et, d'un battement de cils étudié, assombrissiez simultanément votre regard. N'importe qui aurait craqué. Il fallait tout vous donner: du temps, de l'argent, des fêtes, des baisers. Vous étiez aussi charmeurs l'un que l'autre. Vous étiez tuants. Jour après jour, vous exigiez davantage, chacun tirant à lui la corde tendue à se rompre qui me tenait attaché. L'un de vous venait parfois me trouver et il me soumettait le projet fantasque qu'il avait conçu pour éliminer l'autre. Je n'en croyais pas un mot. Vous étiez inséparables comme ces couples de buses qui tournoient au-dessus des îles. Carlotta dit que la buse des Galapagos est très rare: dans tout l'archipel, on en dénombre une centaine de couples tout au plus. Elle dit aussi que les buses forment quelquefois de curieux ménages à trois constitués de deux mâles qui, ensemble, aident la femelle à élever les petits. Qu'est-ce que vous dites de cela?

Jules n'est pas venu. Dommage! j'aurais aimé que vous fassiez sa connaissance. Il vous aurait sans doute plu davantage que Carlotta. Jules Fichot est un peintre animalier dont les œuvres sont exposées dans les musées. Il est célèbre. Vous n'en croyez rien? Allez voir dans une bibliothèque, n'importe laquelle, je suis sûr que vous trouverez quelques-uns des nombreux albums de dessins qu'il a publiés. Qui sait, vous tomberez peut-être sur le portrait de Lolo? C'est Raúl qui m'a dit que Lolo avait servi de modèle à Jules, à l'époque où le vieux peignait encore. Lolo était tout jeune alors, il adorait poser et, s'étant attaché à Raúl qui l'attirait sur la terrasse en lui fourguant des pelletées de calmars et d'autres friandises, il n'a plus quitté le Las Rocas. Jules Fichot a dessiné presque toute la faune de l'archipel. Il m'a offert un livre consacré aux oiseaux. Maintenant, il se contente de dessiner sur les sweat-shirts. C'est lui qui a eu l'idée de la collection, mais il ne retire pas un sou de cette affaire dont les profits sont destinés à l'administration du Parc.

J'ignore pourquoi il n'est pas venu ce soir. Peut-être a-t-il déjà regagné son île? Jules vit seul sur Floreana. Il vient rarement à Puerto Ayora. Quand il le fait, il loge chez des amis qui vivent à une vingtaine de kilomètres du village. Le soir, il dîne souvent au Las Rocas.

Jules est la seule personne à qui j'ai osé parler de vous. Oh! je n'ai pas poussé très loin la confidence, mais j'ai tenté de lui expliquer pourquoi j'avais tout plaqué. J'ai échoué, car, à ce sujet, je nage en pleine confusion. Mais Jules est la seule personne qui me comprenne. Lui non plus ne sait pas pourquoi il vit loin des êtres qu'il aime.

Quand il s'est établi sur l'île de Floreana, sa femme et sa fille l'ont suivi. À cette époque, l'immigration était encore permise. Dans les années cinquante, plusieurs Européens se sont installés dans l'archipel. Venus de neuf pays différents, ils parlaient six langues. Tous voulaient fuir la civilisation. Ils ont formé une petite colonie de Robinsons dont Jules est actuellement le doyen. De la quarantaine qu'ils étaient au début, il en reste aujourd'hui moins d'une dizaine. Quelques-uns sont morts. Les autres sont repartis vers leur pays d'origine où ils ont enterré leurs illusions. Jules dit que sa fille a été élevée comme une sauvageonne. Un jour, sa femme a jugé que l'aventure avait assez duré. Elle a décidé de rentrer en France avec sa fille. Ni l'une ni l'autre ne sont jamais revenues. Jules dit qu'il s'est habitué à la solitude, mais qu'il pense encore à elles.

C'est sa femme qui gère sa carrière. Elle l'a toujours fait et, avec l'aide de son gendre qui est directeur d'une galerie d'art à Nice, elle continue. Elle traite avec les éditeurs et les conservateurs des musées. Avec l'âge, il semble qu'elle soit devenue acrimonieuse. Fichot lui cède la plus large part de ses redevances. Il «achète la paix» comme il dit. Toutes ces tractations se font par correspondance. Depuis quelque temps, sa femme le harcèle car il a cessé de produire. L'affaire des tee-shirts est la seule qui se soit conclue sans elle.

Quand je lui parle de vous, le vieux écoute en s'abstenant de tout commentaire. Il boit. Il boit beaucoup, Monsieur Fichot ! et ses élégants complets de toile sont maculés de taches de rhum. Il dit qu'il a une petite-fille qu'il n'a jamais vue et qui dessine merveilleusement. Mais cette petite buse n'aime pas travailler. Elle est aussi paresseuse que vous. Elle lui a envoyé des croquis pendant une année ou deux. Puis, sans explication, elle a cessé. Il aimerait la rencontrer, mais il ne se décide pas à l'inviter. Il a peur de la décevoir. Ou d'être, lui, déçu. Sa fille lui a écrit que, de toute façon, la petite refuserait, qu'elle est terriblement casanière, qu'elle ne sort pratiquement jamais. Elle ne va même plus à l'Académie. Jules pense qu'à son âge, il ne peut plus rien pour elle.

C'est vrai que sous son panama, il ne paraît pas né de la dernière pluie. Son visage n'est plus qu'un informe amas de plis, poches et bajoues qui pendouillent. Raúl affirme qu'il a le cancer de la peau. De fait, il a l'air malade. Quand il se passe la main sur le crâne, on dirait qu'il palpe sa crête. De toute évidence, il appartient à l'espèce des iguanes. Comme eux, il a la peau jaune et fendillée et il grimace tout le temps. Je parle des iguanes terrestres, naturellement, plus particulièrement de la variété géante qui habite l'île de Santa Fé. Ne confondez pas avec les iguanes marins du bassin, qui sont beaucoup plus petits et de couleur sombre, presque noire, comme les blocs de lave sur lesquels ils s'agglutinent, sauf les mâles dont le corps se parsème de taches rouges en période de reproduction. Je cède un peu trop facilement à l'anthropomorphisme, direz-vous, mais Jules, bien qu'il ne soit pas zoopathe, n'en demeure pas moins un authentique vieux dragon. La prochaine fois – car il y en aura une, j'en ai peur –, je vous le ferai mieux connaître. Peut-être enregistrerai-je sa voix? Vous verrez, je n'invente rien. Jules Fichot n'est pas un personnage imaginaire que j'aurais créé pour me donner l'illusion d'avoir de la compagnie. Comme Carlotta, il existe vraiment.

Il semble que nous n'irons pas marcher le long du sentier qui borde la falaise. Emmêlés l'un à l'autre, vous dormez déjà. Moi, je n'ai pas sommeil, bien que j'aie marché toute la matinée. Et je recommencerai demain. Chaque jour, je parcours des kilomètres. Je marque mon territoire. Nous sommes tous des marcheurs obstinés, Carlotta, le vieux Fichot, moi, et même Raúl, les jours où il en a marre des Hollandais et où il décide de fermer le Las Rocas.

Carlotta m'a parlé de la longue marche des tortues terrestres. Quand elles sont gravides, les femelles descendent des hauteurs, à la recherche du terrain sablonneux où elles édifieront leur nid. Une fois qu'elles l'ont trouvé, elles creusent un trou, pondent, étalent un mélange de sable, de terre et d'urine sur les œufs, puis elles remontent.

En se traînant sur leurs pattes d'éléphant, elles gravissent l'interminable pente qui mène à leur repaire. Elles marchent ainsi, pendant des semaines, sans se presser. Elles n'ont aucune raison de se hâter. Si l'état du monde le leur permet, elles vivront au moins jusqu'à cent ans.

Demain, je descendrai à nouveau vers la mer. Je vous aurai presque oubliés. Vous dormirez tout le jour, nichés dans quelque anfractuosité de mon cerveau. À l'heure du crépuscule, vous recommencerez à vous agiter et je me tournerai vers le large. Vous crierez comme des fous. Pour vous faire taire, je parlerai à voix haute en sirotant mon *Galapago*, jusqu'à ce que, dans un bruissement d'ailes, vous regagniez votre nid.

J'ai trop parlé ce soir. J'ai la bouche sèche. Il est temps que je monte à ma chambre. Sans faire de bruit. Si je réveille Raúl, je crains qu'il ne m'invite à voir les photos qu'il a faites lors de sa dernière randonnée dans l'île de Seymour – la parade amoureuse des fous à pattes bleues... Cela ne me dit rien qui vaille aujourd'hui. Un autre jour, peut-être.

Vais-je vous poster ce message enregistré? Je ne vous ai rien dit de ce que je voulais vous dire. Rompant le vœu de silence que j'avais prononcé en vous abandonnant, j'ai rattrapé le temps perdu et tant bavardé que vous n'ignorez plus rien maintenant de ce petit peuple de fugitifs que je côtoie depuis mon arrivée. Je ne vous ai pas donné les raisons de mon départ; en vérité, je ne les connais pas moi-même; aussi ai-je comblé les vides avec mes histoires de bêtes.

Je suis parti pour ne plus revenir. C'est cela que je voulais vous dire. Mais, au moment de le faire, j'hésite. Il semble que je ne me sois pas encore défait de vous.

Saurez-vous prendre soin de vous et de la chatte Aurore? J'en doute. Je combats sans cesse la tentation de revenir vous apprendre à le faire. Si j'avais su, je vous aurais inculqué quelques notions élémentaires de survie. Mais, parti sur un coup de tête, je n'en ai pas eu le temps.

Il m'arrive aussi de penser que c'est moi qui, à votre contact, ai désappris à vivre.

Les étoiles commencent à pâlir. Seule la Croix du Sud brille encore. En face, je distingue une constellation boréale dont j'ignore le nom. Deux oiseaux de mer s'élancent vers elle. Je reconnais la chatte Aurore. C'est elle qui illumine le ciel. Roulée en boule dans son hémisphère, elle veille sur vous et attend mon retour.

Le tapis du salon était jonché de feuilles mortes et de papiers gras. Depuis le départ précipité de Gabriel Langevin, personne n'avait arrosé les plantes. Mais un observateur peu attentif, au premier abord, aurait été frappé par la poussière omniprésente qui, s'ajoutant aux poils de chat et aux toiles d'araignée, donnait à la pièce l'apparence d'un capharnaüm irréel.

Des verres et des assiettes sales étaient posés un peu partout, directement par terre, mais aussi sur les tables, sur les étagères de la bibliothèque, sur la platine du tourne-disque, sur les bras et les sièges des fauteuils et des divans. Du linge avait été mis à sécher sur une corde tendue devant la grille ouverte du foyer. Une bûche faisait de la fumée, mais, vraisemblablement, ne s'enflammerait point. Le bois, trop vert, était encore humide. Heureusement, car personne n'avait pensé à tourner la clé de la cheminée. Seuls le papier journal et les livres avaient pris feu. Les dernières pages du premier tome d'un gros dictionnaire, le Larousse encyclopédique, avaient été arrachées et brûlées une à une, mais la couverture avait, elle, résisté au feu. L'eau du linge dégouttait sur le tapis où s'entassaient les vieux papiers et les cendres que personne n'avait balayés.

Un pantalon blanc (sur lequel quelque autre vêtement de couleur orangée avait malencontreusement déteint) et deux taies d'oreiller gisaient dans la corbeille de petit bois. D'autres habits jetés en tas traînaient par terre. Une chaussure bleue avait été oubliée sur le manteau de la cheminée où s'alignaient les bouteilles de champagne et les cartons de lait. Plusieurs bouteilles avaient été fracassées et, ça et là, un éclat de verre cassé pointait. Une tache de sang séché formait une fleur brune qui s'épanouissait sur le vert fougère du tapis. L'air ne sentait pas la rose mais la merde et le pipi de chat. Personne ne se souciait de nettoyer la litière. En l'absence de Gabriel Langevin, son maître, la chatte Aurore n'était pas toujours traitée comme elle l'aurait mérité.

Le talon aiguille de la deuxième chaussure bleue était posé sur une pile de disques qui avaient glissé hors de leurs pochettes. Au-dessus d'une table à café laquée, légèrement égratignée, le miroir était maculé de gras. Quelqu'un avait écrit avec un bâton de rouge:

G. L. Reviens vite!
Sinon, nous allons mourir! De faim, de froid ou d'ennui!
AM.

Si Gabriel Langevin avait pu capter ce signal de détresse, sans doute aurait-il sauté dans le premier avion venu. Depuis sa désertion, il vivait dans l'attente de la catastrophe qui – il en était persuadé – ne manquerait pas de se produire un jour. Elle pouvait même s'être déjà produite sans qu'il n'en eût rien su. Son inquiétude, au lieu de se dissiper avec le temps, n'avait fait qu'augmenter davantage et était devenue telle qu'il songeait de plus en plus souvent à reprendre contact avec les infortunés signataires du message. Il écrivait des lettres pleines d'excuses et de bons conseils qu'il recopiait vingt fois, enregistrait d'interminables discours amoureux dans lesquels il expliquait longuement pourquoi il était parti, mais, au moment de mettre sa cassette à la poste, il faisait brusquement demi-tour, retournait dans sa chambre, se récoutait, se jugeait inepte, se remettait à écrire, appuyait sur la touche *record* et enregistrait son nouveau texte par-dessus l'ancien.

L'été s'achevait, mais il faisait encore chaud. Par un temps pareil, personne n'aurait eu l'idée de faire un feu de cheminée. Bien au contraire, toute personne sensée aurait commencé par aérer les pièces de l'appartement, puis se serait emparée du premier torchon venu. Mais, de toute évidence, l'appartement était habité par des êtres déraisonnables, négligents et, dans les circonstances, providentiellement maladroits. Car Gabriel Langevin, qui, depuis des mois, tournait en rond autour de son île en se faisant une bile bien inutile, aurait pu dormir en paix et rêver en toute quiétude à d'extravagantes bêtes volantes et rampantes: la menace d'incendie semblait, pour le moment du moins, définitivement écartée. La bûche avait presque cessé de fumer. Le jour n'était pas encore venu où la propriétaire des élégantes chaussures bleues à talons aiguilles périrait, suffoquée. Pas plus que son compagnon, car il ne faisait pas de doute que, malgré son habitude de retirer ses souliers et de les abandonner dans les endroits les plus saugrenus, la jeune femme n'était pas la seule responsable du bordel environnant et qu'un individu de sexe masculin, dont la présence en ce lieu de pagaille était attestée par l'enfilade de slips et de maillots de bain séchant sur la corde, n'avait pas hésité à s'approprier le contenu de la garde-robe estivale de Gabriel Langevin et à l'éparpiller à travers toutes les pièces de l'appartement. Chose certaine, il était peu probable qu'en cette saison l'un ou l'autre en vînt à mourir de froid, ainsi qu'ils en avaient menacé le fugitif.

Entrelaçant leurs initiales, ils avaient signé *AM.* au bas du message, comme s'ils avaient voulu démontrer qu'ensemble ils formaient une paire que rien ni personne ne pourrait jamais séparer. Le bâton de rouge avait roulé sous la table. Le tube était resté ouvert et quelqu'un l'avait piétiné. Des traces rouge cerise menaient vers les pièces situées à l'arrière de l'appartement. Dans le couloir, deux bicyclettes italiennes étaient renversées l'une sur l'autre, des Miele vert tilleul, flambant neuves et équipées de sacoches assorties. La vieille Peugeot de Gabriel Langevin gisait dans un coin, les pneus complètement à plat.

Un peu plus loin, une porte s'ouvrait sur la salle de bain et, en face, une autre sur la chambre du déserteur que, par dépit, les deux laissés-pour-compte avaient condamnée, non sans en avoir toutefois systématiquement inventorié le contenu – un butin fait de lettres et de papiers intimes, de dictionnaires et de livres d'art, de disques et de cassettes, de photos et de babioles diverses glanées au fil des ans et des rencontres, de bottes, de chaussures, de lainages fins et de quantité d'autres vêtements. Si, un jour, Gabriel Langevin décidait de rentrer chez lui, il récupérerait bien peu de choses lui ayant appartenu. Car, dans cet indescriptible bric-à-brac, même une chatte n'eût pas retrouvé ses petits.

Une touffe de poils dépassait de sous la porte de la pièce voisine, fermée elle aussi. Des griffes s'enfonçaient dans le bois. C'était la chatte Aurore qui, avec sa patte, secouait la porte du placard où, par cruauté ou négligence, *A.* et *M.* l'avaient enfermée.

Au bout du couloir, la salle à manger et la cuisine étaient désertes elles aussi. Une forte odeur de nourriture avariée signalait que la poubelle était pleine et que les occupants du lieu ne la vidaient pas beaucoup plus souvent qu'ils ne le faisaient de la litière du chat. La table de la salle à manger et le comptoir de la cuisine étaient couverts de papiers et d'emballages cartonnés sur lesquels s'étalaient les logos de tous les fabricants de *fast food* de la ville. Toutefois, avant de se laisser mourir de faim, *A.* et *M.* avaient eu recours à un traiteur haut de gamme qui, fort opportunément, venait de s'établir dans le quartier. Un reste de confit d'oie traînait dans le plat du chat qui n'en avait pas voulu. En l'absence de Gabriel Langevin, son maître, il arrivait en effet que la chatte Aurore fît une petite grève de la faim.

La cuisine communiquait avec une pièce étroite qui avait autrefois servi de débarras au propriétaire de l'appartement. Paradoxalement, cette pièce était la seule qui, aujourd'hui, était propre et bien rangée. Elle ne contenait que quelques gros coussins disposés de façon à former un grand lit. C'était là que, faute de mieux, *A.* et *M.* avaient établi leur campement de nuit. L'appartement étant devenu inhabitable du fait que personne n'était là pour ramasser les saletés qu'ils laissaient traîner derrière eux, ils avaient émigré dans le débarras. Et, la plupart du temps, ils dormaient au moins jusqu'à midi.

Du fond de son placard, la chatte Aurore poussa un petit cri de détresse. Marianne s'éveilla en sursaut et, constatant qu'il n'était pas encore tout à fait midi, elle soupira. La journée qui commençait s'annonçait bien longue.

Marianne n'avait pas envie de se lever. Elle était songeuse. Il fallait faire quelque chose, pensait-elle.

Autrement, elle et Alexis tomberaient malades ou, pire encore, ils deviendraient fous. Depuis le départ de Gabriel, ils s'ennuyaient à mourir. Mais, au fait, depuis quand ce monstre d'ingratitude les avait-il quittés? Marianne avait oublié. Était-il parti avant ou après Noël? En tout cas, c'était en hiver, parce qu'il neigeait; elle se souvenait au moins de ça, de la neige et du froid. Cette nuit-là, ils avaient dormi devant le foyer. Maintenant, l'été tirait à sa fin; le jour, il faisait encore chaud, mais les soirées étaient fraîches. On était en août, peut-être même en septembre déjà. Cela faisait donc de cinq à six mois qu'ils vivaient seuls.

Pendant tout ce temps, Gabriel n'avait pas une seule fois donné de ses nouvelles. Ils avaient tout fait pourtant pour le rendre heureux. Mais, du jour au lendemain, l'ingrat les avait abandonnés.

Ils étaient incapables de se suffire à eux-mêmes. Il fallait bien se rendre à l'évidence. Gabriel disait qu'ils manquaient de savoir-vivre. Peut-être avait-il raison? Chose certaine, sans lui la vie était insupportable.

Marianne réfléchissait au problème existentiel qu'elle partageait avec l'insoucieux lézard qui, blotti contre elle, dormait paisiblement. Tous deux souffraient d'une sorte d'atonie chronique qui les tenait à l'écart du reste des créatures vivantes peuplant cette planète vouée à une dissolution prochaine. Indifférents aux êtres et aux choses qui remuaient sous eux, ils avaient le sentiment de flotter au-dessus de la mêlée.

Bourré de tranquillisants, Alexis dormait comme une bûche. Quand il se réveillerait, il ferait la gueule, comme d'habitude.

S'il avait été là, Gabriel serait déjà venu tirer les rideaux et il leur aurait apporté le petit déjeuner en effaçant d'un sourire le souvenir des disputes de la veille. Gabriel n'était jamais rancunier. Quand il était mécontent. il pinçait les lèvres et gardait un silence réprobateur qu'une caresse ou un baiser suffisait à rompre. On pouvait lui dire et lui faire à peu près n'importe quoi, il supportait tout.

Mais malheur à qui aurait osé s'en prendre à la chatte Aurore! Gabriel idolâtrait cette bête sénile, obèse et malodorante qui chialait toute la journée, perdait son poil à l'année longue et chiait toujours à côté de sa litière. Le matin, elle avait l'habitude de venir les trouver dans le lit. Elle miaulait pendant des heures. Elle n'était pas venue aujourd'hui. Sans doute était-elle en train de bouffer le reste de confit d'oie qu'Alexis avait acheté la veille. Elle avait toujours faim. Mais, quand on lui remplissait son plat, elle s'en approchait avec méfiance, le flairait, puis s'enfuyait en donnant des coups de patte. Elle faisait des caprices. N'importe qui aurait eu depuis longtemps l'idée d'en finir avec cette sale bête et d'empoisonner sa pâtée. Qu'attendait donc Alexis pour le faire? Après tout, Gabriel ne l'avait-il pas abandonnée elle aussi?

Bernadette, elle, n'était pas comme ça. Marianne en avait la certitude. D'abord, c'était une femme, et les femmes étaient plus fidèles que les hommes, tout le monde savait ça! Ensuite, Bernadette avait trente-huit ans. L'âge idéal, selon Marianne. Heureusement! elle en paraissait dix de moins. Gabriel, lui, était trop jeune. C'était pour ça qu'il n'était pas resté avec eux. Il n'avait même pas trente ans. Peut-être les avait-il maintenant? Marianne ne se rappelait pas la date exacte de son anniversaire qui tombait en été.

Elle n'avait pas encore parlé de Bernadette à Alexis. Mais il serait d'accord. La prochaine fois, ils essaieraient avec une femme: c'était ce dont ils étaient convenus. Lui, il ne s'était même pas donné la peine de chercher, mais Marianne avait le sentiment qu'elle était, elle, sur une bonne piste.

Dès que le fruit serait mûr, elle le cueillerait et elle en offrirait la moitié à Alexis. À eux deux, ils n'en feraient qu'une bouchée.

Avant Gabriel, il y avait eu Jean-Marc, le peintre. Un égoïste qui ne savait même pas faire la cuisine et qui puait la térébenthine! L'aventure n'avait pas duré un mois.

Gabriel avait tenu le coup plus longtemps. Il avait ses défauts, lui aussi. Ainsi, quand il avait des soucis, il pinçait désagréablement les lèvres. C'était un tic qui lui donnait l'air besogneux des maîtres d'école. D'ailleurs, il l'était encore quand ils l'avaient rencontré. Il corrigeait des copies, assistait à des réunions où les mêmes choses étaient inévitablement dites par les mêmes personnes qui, inévitablement, en faisaient ensuite la remarque. C'était au cours de l'une de ces réunions de routine qu'il avait quitté le collège. C'était fini: il serait libre désormais, libre de se consacrer entièrement à eux. Marianne se rappelait encore cette scène avec émotion. Gabriel était fou d'amour, ce soir-là. Ils avaient fêté sa démission et, quand Alexis avait débouché la troisième bouteille de champagne, elle avait pris une grande résolution: elle retournerait à l'école et, dans quelques années, elle entrerait sur le marché du travail. Après tout, Gabriel méritait bien de se reposer un peu. Elle étudierait les langues étrangères et elle deviendrait interprète, diplomate, voire espionne. Elle en avait souvent discuté avec Alexis qui, à son tour, lui avait fait part de ses projets d'avenir: il voulait devenir reporter. Mais, dans son cas, ça n'était pas sérieux. Il était bien trop paresseux! Elle, par contre, avait de l'ambition.

Ils avaient étudié l'espagnol et l'arabe. Ces langues

étaient très difficiles, surtout l'arabe. Et, de toute évidence, ils n'étaient pas très doués; ils confondaient tout. Ils apprenaient en dormant – une méthode que Gabriel leur avait suggérée. «Une méthode faite exprès pour vous!», avait-il lourdement plaisanté en leur offrant le magnétophone et les cassettes. Ils avaient fini par abandonner. Naturellement, Alexis n'avait rien appris du tout. Marianne, qui avait persévéré un peu plus longtemps, avait tout de même retenu quelques rudiments d'espagnol.

Depuis, le magnétophone avait mystérieusement disparu. L'autre jour, Marianne l'avait cherché en vain. Elle voulait impressionner Bernadette en lui disant des choses en arabe.

Pourquoi Gabriel était-il parti? Sans doute était-ce la faute d'Alexis qui l'avait poussé à bout. Cet imbécile exagérait toujours. Par exemple, il avait la mauvaise habitude de s'emparer de tout ce qui lui tombait sous la main.

Ils lisaient parfois le courrier de Gabriel. Il n'y avait pas grand mal à cela. Mais, un jour, Alexis avait empoché une lettre qui venait de Quito, la capitale de l'Équateur. La lettre était écrite en espagnol. Avec l'aide de son dictionnaire, Marianne avait réussi à en traduire l'essentiel. Son auteur se présentait comme un ami de Gabriel. Il envisageait de venir s'installer à Montréal où, semblait-il, il avait déjà séjourné. Il demandait à Gabriel de l'héberger quelque temps. Cet enquiquineur annonçait son arrivée pour bientôt. Il fallait absolument empêcher ça! Ils étaient bien assez de deux à se partager l'intimité de Gabriel, sans compter la chatte Aurore qui réclamait chaque jour son dû. De toute façon, l'été approchait et Gabriel avait promis de les emmener en vacances au bord de la mer.

Alexis se conduisait comme un enfant. Il était égoïste et inconscient. N'avait-il pas été une fois jusqu'à suggérer à Gabriel de se débarrasser d'elle? Pourtant, c'était elle qui avait pris la décision d'emménager chez Gabriel qui, d'ailleurs, l'avait toujours préférée. Elle seule avait du flair et savait dénicher les oiseaux rares.

Bernadette en était un. Ne ferait-elle pas mieux de garder pour elle toute seule ce trésor qu'elle avait découvert? Après tout, rien ne la forçait à cohabiter toute sa vie avec Alexis. Elle irait habiter chez Bernadette et lui, l'enfant gâté, il resterait à croupir dans l'appartement en compagnie de la bête puante qui n'enterrait pas ses crottes!

Alexis avait répondu en français à la lettre de l'étranger. Marianne avait refusé de l'aider. Elle n'avait pas envie de perdre son temps à farfouiller dans son dictionnaire d'espagnol. Pourquoi se serait-elle cassé la tête pour si peu? Par la suite, ils n'avaient plus jamais entendu parler de l'Équatorien.

Cette bêtise n'avait pas eu de conséquence, mais Alexis, hélas! ne s'en était pas tenu là. Il avait volé de l'argent, imité la signature de Gabriel, utilisé ses cartes de crédit, vendu une partie de sa collection de disques de jazz. Là, il avait nettement dépassé la mesure. Gabriel tenait à ses disques comme à la prunelle de ses yeux; il payait des fortunes pour se procurer d'anciens enregistrements qu'il insistait ensuite pour leur faire entendre. Incapable de se défaire de ses habitudes de maître d'école, il n'aimait rien tant que pérorer sur le jazz et ses origines. Alexis avait vendu les disques pour une bouchée de pain. Furieux, Gabriel était parti passer quelques jours chez des amis qui avaient un chalet à la campagne. C'était la première fois qu'il les laissait seuls dans l'appartement. Il avait emmené la chatte Aurore qui, à son retour, les avait nargués en déballant sous leur nez un plein sac de pommes de pin. Gabriel avait passé des semaines à ramper sous les meubles où la sotte bête envoyait tout le temps rouler ses pommes.

Finalement, Gabriel avait passé l'éponge. Alexis s'était tenu tranquille pendant quelque temps. Il avait fait le lézard. L'exercice consistait à s'allonger sur une pile de coussins et à rester le plus longtemps possible sans bouger. Au début, Gabriel avait réagi en se montrant encore plus attentionné que d'habitude. Voyant cela, Marianne avait imité Alexis. Sans doute avait-elle eu tort. Car, au bout d'un moment, Gabriel s'était lassé.

Alexis était entièrement responsable de ce qui était arrivé. Tout avait été sa faute. Chaque fois qu'elle pensait à l'épilogue de leur histoire avec Gabriel, Marianne en arrivait à cette même conclusion. Ce pauvre Alexis n'avait pas un gramme de plomb dans la cervelle! Hier encore, il avait insisté pour faire un feu qui avait failli les étouffer. Pour entretenir la flamme, il avait eu l'idée stupide de brûler les pages d'un dictionnaire. Pourtant, ça n'était pas les vieux papiers qui manquaient. C'était encore une bêtise que Gabriel ne leur pardonnerait pas.

Tant pis! Marianne avait trouvé la solution à son problème. Elle se laverait les cheveux, se maquillerait avec soin, mettrait sa robe noire décolletée en V et ses souliers bleus à talons aiguilles. Ainsi parée, elle irait trouver Bernadette. Elle irait seule: il ne fallait pas effaroucher la belle! Alexis entrerait-il dans la ronde? Cela restait encore à voir. Les premiers temps, Bernadette serait la propriété exclusive de Marianne.

Poussant un soupir d'aise, Marianne se leva d'un

bond et se précipita sous la douche. D'ici peu, la vie serait de nouveau supportable.

Ces somnifères que Marianne avait dénichés Dieu sait où donnaient la migraine. Alexis savait qu'il en aurait sans doute pour une bonne partie de la journée. Surtout s'il la passait à boire du champagne, à fumer et à manger des saloperies.

Il avait mal à la tête et au cou. Hélas! Gabriel n'était plus là pour le masser. Marianne, elle, s'y prenait comme un manche. Il commençait à en avoir marre de cette bonne femme! S'il avait pu la vendre, il l'aurait volontiers refilée au plus offrant. La semaine dernière, il avait vendu le vieil équipement de ski de Gabriel; il n'en avait pas obtenu grand-chose, mais c'était avec cet argent-là que Marianne et lui s'étaient payé le champagne – plusieurs bouteilles de Veuve-Clicquot – et le confit d'oie. À l'occasion, Alexis disposait ainsi des biens de Gabriel. Depuis l'affaire des disques de jazz toutefois, il se méfiait. Le monde n'était-il pas plein d'escrocs qui ne demandaient qu'à profiter de son ignorance?

Cette affaire de disques lui avait valu bien des désagréments. Une fois de plus, il avait commis l'erreur d'écouter Marianne et il s'était retrouvé les deux pieds dans la merde. Gabriel l'avait forcé à racheter les disques, bien que l'acheteur se fût déjà départi de quelques-uns d'entre eux. En plus, il était clair qu'il s'était fait rouler en acceptant une somme dérisoire. C'était Marianne qui avait vu l'annonce dans un magazine musical; elle l'avait lue à voix haute, puis elle avait fait exprès de laisser traîner le magazine. Dix minutes plus tard, Alexis était au téléphone et il énumérait les titres des albums. Gabriel avait fini par lui pardonner. À lui, il pardonnait toujours tout.

Marianne n'était heureuse que lorsqu'elle combinait

quelque mauvais coup et, la plupart du temps, c'était lui qui faisait les frais de ses machinations. Elle, elle s'en sortait toujours indemne, pendant que lui recevait les reproches à sa place. Ensuite, elle faisait mine de le prendre en pitié et de le consoler.

Alexis l'avait toujours su: Gabriel les chasserait parce que Marianne se comportait comme une oie. Elle n'avait de respect pour rien ni personne. Dans les rares occasions où Gabriel recevait des amis, elle les injuriait. Mais, plutôt que de les mettre à la porte, Gabriel s'en était allé en leur abandonnant la chatte Aurore – une éventualité que ni lui ni Marianne n'avaient prévue. En fait, il s'était enfui sans même se donner la peine de les prévenir de son départ. Il leur avait laissé l'appartement et une enveloppe contenant une importante somme d'argent qu'ils avaient déjà presque entièrement dépensée; aucune lettre d'explication n'accompagnait ce cadeau d'adieu. C'était lui qui assurait l'entretien de l'appartement dont il était propriétaire. Il payait les comptes de taxes et réglait les factures d'électricité qui lui parvenaient directement par l'entremise d'un ami comptable. Ce dernier était absolument incorruptible. Il avait refusé de leur communiquer l'adresse de Gabriel. Alexis l'avait harcelé en lui téléphonant plusieurs fois, mais il n'avait pas réussi à le faire parler. Le comptable respectait la consigne du silence que Gabriel lui avait donnée. Et, quand il avait été question de ce montant minimum sans lequel il n'était pas possible de vivre décemment, l'affreux bonhomme lui avait coupé la ligne au nez!

L'appartement était spacieux et confortable. C'était Gabriel qui l'avait rénové lui-même. Il était très habile. Seule la cheminée avait été mal conçue, elle ne tirait pas très bien. Chaque fois qu'Alexis faisait du feu, le salon se remplissait de fumée.

Gabriel avait voulu les initier au bricolage, mais la seule vue d'un outil les plongeait dans un tel état de neurasthénie qu'il y avait vite renoncé. De toute évidence, ils n'étaient pas faits pour les travaux manuels. Ils avaient fait les lézards pendant tout le temps que l'appartement avait été en chantier.

Alexis pensait à Gabriel trébuchant contre les coussins où ils passaient leurs journées, vautrés. Il avait repeint les murs et le plafond du salon sans leur causer le moindre dérangement. Trimballant son seau et ses pinceaux, il accomplissait sa besogne en contournant adroitement les corps étendus en travers de son chemin. Sa casquette de peintre lui allait bien. Il portait des espadrilles et une salopette tachée de peinture. Il avait beaucoup de charme dans cette tenue! À certains moments, Alexis regrettait presque de n'avoir pas fait preuve de plus de coopération. S'ils avaient été plus vaillants, Gabriel ne les aurait peut-être pas quittés. Depuis des mois, ils tournaient en rond dans l'appartement, comme des chevaux dans leurs boxes, en attendant le retour hypothétique du fugitif. L'appartement nouvellement repeint était devenu une écurie, ou plus exactement une bauge pleine de poussière et de saleté. Heureusement qu'il était là, lui, Alexis, pour ranger un peu et sortir les ordures de temps à autre.

Il ne fallait pas compter sur Marianne pour ça. Cette bécasse ne savait rien faire de ses dix doigts! D'ailleurs, c'était à cause d'elle que son pantalon blanc (celui de Gabriel en réalité) était foutu. Elle s'obstinait à mélanger les couleurs. Résultat: après chaque lessive, la moitié des vêtements avait déteint sur l'autre. À chaque fois aussi, quelque chose disparaissait: un bas, un slip, voire une chemise ou un pantalon. Marianne disait que c'était la machine à laver qui bouffait les vêtements. Mais Alexis n'en croyait rien. Il la soupçonnait de jeter à la poubelle les morceaux qu'elle avait gâchés. Sans doute était-ce de cette façon qu'avait disparu le paréo de Gabriel.

Les nuits où il n'avait pas sommeil, Alexis pénétrait en secret dans la chambre de Gabriel, que Marianne avait condamnée. La chatte Aurore avait occupé des jours durant le lit de son maître. Exaspérée par ce comportement qu'elle jugeait infantile et possessif, Marianne avait sévi en lui interdisant l'accès de la chambre. Depuis, la chatte Aurore se contentait de contempler mélancoliquement la porte toujours close.

Quand Alexis entrait dans la chambre, il se sentait toujours coupable. C'était idiot, mais il avait l'impression de tromper Marianne. Il avait éprouvé le même malaise, autrefois, quand il faisait l'amour avec Gabriel. Alexis était certain que Marianne n'avait jamais rien ressenti de tel. Dans les mêmes circonstances, elle avait coutume d'afficher ostensiblement sa satisfaction.

La chambre close était devenue le refuge d'Alexis. Là, à l'insu de Marianne, il évoquait le souvenir de Gabriel sortant de la baignoire, son paréo noué autour de ses reins. Il s'accoudait à la fenêtre et interrogeait le ciel. Qu'était-il advenu du fugitif et qu'adviendrait-il d'eux, Marianne et Alexis?

Marianne, elle, ne regardait jamais les étoiles. Elle n'avait rien retenu des leçons de choses de Gabriel. Elle n'était même pas capable d'identifier la voie lactée qui, les soirs de pleine lune, se déroulait dans le ciel comme une écharpe scintillante. Elle était inculte et, apparemment, elle entendait le rester. À l'exception de sa propre personne, rien ne l'intéressait. Alexis estimait que c'était à elle, et à elle seule, qu'incombait l'entière responsabilité du départ de Gabriel. Elle avait tous les torts, mais elle refusait de les admettre.

À force de réfléchir, Alexis avait de plus en plus mal à la tête. Comme d'habitude, ses réflexions ne l'avaient mené nulle part. Il en avait assez de traîner au lit. Marianne était levée depuis un bon moment déjà. Il avalerait une poignée d'aspirines avec un verre de lait, puis il irait la retrouver. Ils parleraient de leur avenir. Après tout, même en l'absence de Gabriel Langevin, la terre continuait de tourner!

Alexis enfila une paire de babouches appartenant à Gabriel et se dirigea vers la salle de bain. Chemin faisant, il entendit la chatte Aurore qui miaulait. Il la chercha des yeux, mais ne l'aperçut nulle part. Il poussa la porte entrouverte de la salle de bain et rejoignit Marianne qui chantonnait sous la douche.

La chatte Aurore se frottait le museau contre le cuir des bottes de Gabriel Langevin. L'odeur un peu bestiale du cuir, combinée au relent des pieds du Bien-Aimé, l'affolait complètement. C'était délicieux! Mais il y avait mieux encore: les babouches du Maroc! Quand la chatte Aurore mettait la patte sur l'une d'elles, elle enfouissait sa tête entière sous l'empeigne et, alors, c'était l'extase garantie! Depuis une dizaine de jours, les babouches avaient disparu. Les lézards avaient dû les égarer quelque part. Ces sacrilèges qu'ils commettaient régulièrement la mettaient hors d'elle. Ils s'appropriaient tout ce qui avait appartenu à Gabriel et mélangeaient leur odeur aigrelette de lézard au parfum suave du Bien-Aimé.

Le cuir des bottes était éraflé en plusieurs endroits. Mon Dieu! n'était-ce pas elle qui avait commis ce dégât? Elle abîmait tout ce qui lui tombait entre les pattes. C'était plus fort qu'elle: elle était irrésistiblement attirée par les objets de luxe. Elle raffolait de la soie, du velours et, par-dessus tout, de la ratine. Ainsi, quand le Bien-Aimé mettait sa robe de chambre, elle ne pouvait se retenir de lécher sa poitrine avec volupté! Mais, ensuite, la ratine était fripée et, même s'il s'en cachait, le Bien-Aimé était mécontent.

La chatte Aurore était une «sybarite». C'était le Bien-Aimé qui, un jour, l'avait définie par ce mot savant dont il lui avait expliqué la signification. Cela voulait dire qu'elle aimait le raffinement, la bonne chère et les caresses. Mais le Bien-Aimé l'acceptait comme elle était. Il ne la grondait jamais. Il l'aimait. Il n'était pas comme les lézards. Jamais il ne l'aurait oubliée toute une nuit dans un placard, lui!

En quelques occasions pourtant, elle l'aurait bien mérité. Elle était si étourdie! Elle faisait une bêtise et, quand elle s'en rendait compte, il était toujours trop tard. Elle était mal élevée. Elle saccageait l'environnement du Bien-Aimé. C'était sa faute s'il était parti. Il en avait eu assez d'elle et de ses manières bestiales.

Elle avait tant de défauts! Elle perdait son poil, elle était gourmande et, à force de manger, elle était devenue obèse. Elle avait toujours faim. Sa gourmandise l'amenait à faire des choses inconvenantes; elle montait sur la table, dérangeait les convives, pigeait dans les plats et les assiettes. Pire encore! il lui arrivait de chaparder une côtelette qui dégelait sur l'armoire ou de fouiller dans la poubelle qui était toujours pleine de bons morceaux dont les lézards n'avaient pas voulu. Ces deux-là étaient tellement capricieux! Le Bien-Aimé cuisinait comme un Dieu et, eux, ils ne se donnaient même pas la peine de terminer leurs assiettes.

Depuis le départ du Bien-Aimé, la chatte Aurore avait moins d'appétit. Elle maigrissait à vue d'œil. À ce régime-là, elle n'aurait bientôt plus rien à envier à son voisin, un chat filiforme et élancé qui ressemblait à une potiche orientale. L'après-midi, il la toisait de la fenêtre de l'appartement d'en face. Ce chat la méprisait, cela sautait aux yeux. C'était agaçant, mais, au fond, elle s'en moquait.

En général, la chatte Aurore n'aimait pas tellement les chats. Secrètement, elle aspirait à l'humanité. Mais, avant d'en arriver là, elle avait beaucoup de chemin à faire. Elle avait déjà commencé à se défaire de certaines de ses mauvaises habitudes. Par exemple, elle ne s'attaquait plus aux plantes vertes qui, de toute façon, étaient toutes à moitié moribondes. Au moins n'était-ce pas elle qui était responsable de cette hécatombe végétale. Les lézards ne pensaient jamais à rien. Non seulement ils négligeaient d'arroser les plantes, mais en plus ils ne faisaient même pas le ménage. Ils vivaient comme des animaux. L'appartement était un vrai foutoir. La chatte Aurore avait horreur de ça.

Bien sûr, le plus difficile restait encore à faire. L'embarrassante question de son hygiène intime était loin d'être résolue. Dans le domaine de l'hygiène, il fallait bien se rendre à l'évidence: elle n'avait pas progressé d'un iota. Elle urinait à côté de sa litière et n'enterrait pas convenablement ses selles. Elle ne comprenait pas pourquoi elle agissait ainsi. Ce comportement remontait sans doute à sa petite enfance. À cette époque-là, elle avait dû subir un traumatisme quelconque. Pourtant, elle avait beau chercher dans sa mémoire, elle avait tout oublié de l'événement malheureux qui avait été à l'origine de ce blocage psychologique. Et, maintenant, il était trop tard. C'était foutu! À son âge, et malgré toute sa bonne volonté, elle n'avait aucune chance de s'améliorer.

Autant le reconnaître, elle s'était bercée d'illusions. Elle n'était qu'une propre à rien et elle le resterait toute sa vie! Incapable de se défendre contre les mauvais traitements que les lézards lui infligeaient quotidiennement, elle n'avait pas d'autre choix que de continuer à leur servir de souffre-douleur. Elle était si dépendante de son Bien-Aimé! S'il ne venait pas la délivrer, elle mourrait de faim, de froid et d'ennui dans ce placard qui ressemblait à une souricière.

Mais la chatte Aurore pressentait que le Bien-Aimé avait déjà pris le chemin du retour qui, hélas! était long et semé d'embûches. Les premiers temps, elle avait songé à aller le retrouver. Le Bien-Aimé racontait souvent des histoires de chats héroïques qui avaient traversé la moitié du continent et retrouvé l'être aimé qui les avait abandonnés. Mais, dans les circonstances, une telle entreprise n'avait aucune chance de réussir. La chatte Aurore écoutait son instinct qui lui disait que le Bien-Aimé était parti si loin qu'il était devenu inaccessible. Elle l'imaginait, seul sur une île de l'autre hémisphère. Quand il regardait la mer, il pensait à elle.

Il reviendrait. Toutes les fois qu'il était parti, il était revenu. Il reviendrait et il la prendrait dans ses bras. Elle enfouirait sa tête sous son aisselle et pétrirait sa poitrine avec ses pattes de devant. Elle serait si légère dans ses bras qu'il n'en croirait pas ses yeux. Lui, le Bien-Aimé, il n'aurait pas changé. Toute sa vie, il resterait le plus merveilleux des Bien-Aimés!

Ronronnant de plaisir anticipé, la chatte Aurore aperçut soudain des pieds de lézard, chaussés de babouches. Elle ne les avait pas entendus venir. Filant prestement entre les jambes ennemies, elle s'enfuit vers la litière. Il était temps! Cela faisait presque douze heures qu'elle était prisonnière de ce maudit placard.

❑

Marianne et Alexis se regardaient dans le grand miroir du salon. Ils avaient relu en soupirant le message qu'ils avaient écrit, un jour de cafard du printemps dernier. Depuis, G.L. n'était pas revenu, mais ils avaient survécu.

Ils avaient passé l'après-midi à s'engueuler et à se réconcilier, en alternance. Maintenant, ils s'embrassaient. Entre deux baisers, ils observaient dans le miroir le couple qu'ils formaient. Ils avaient mis un disque de reggae. Ils dansaient avec une nonchalance étudiée. Le reggae était la danse qu'ils préféraient. Il suffisait de se déhancher et de traîner les pieds. L'été, ils avaient coutume de marcher de cette manière sinueuse.

Quand Marianne mettait ses talons hauts, ils étaient presque de la même taille. Tout le monde disait qu'ils se ressemblaient. Ils cultivaient cette ressemblance et prétendaient parfois qu'ils étaient frère et sœur. Cela leur avait été utile en certaines occasions. Mais, avec Gabriel, ils n'avaient pas eu besoin d'avoir recours à ce subterfuge. Gabriel les avait pris tels qu'ils étaient.

Ils avaient les cheveux et les yeux brun foncé. C'était

assez banal. Gabriel, lui, les trouvait beaux. Il n'arrêtait pas de le leur dire. Il aimait surtout leurs yeux dont il disait qu'ils étaient d'un magnifique noir de jais. Ils le laissaient dire. Ils avaient la peau mate et brunissaient très facilement. Mais ils évitaient le soleil. En général, ils ne sortaient qu'à la nuit tombée. Ils avaient lu dans un magazine que le soleil était mauvais parce qu'il accélérait le vieillissement de la peau. Or, ils ne voulaient pas vieillir et ils étaient prêts à tout mettre en œuvre pour préserver leur jeunesse le plus longtemps possible. Ils guettaient anxieusement le déclenchement du processus. L'état des choses était stable pour le moment. Ils avaient des cernes sous les yeux parce qu'ils se couchaient trop tard, mais pas encore de rides. Récemment, ils s'étaient découvert des cheveux blancs qu'ils s'étaient empressés d'arracher. Cette découverte avait raffermi leur volonté commune de ne pas vieillir. Ils mourraient avant de devenir vieux et laids. C'était le pacte qu'ils avaient conclu, le jour où ils avaient fêté leur dix-huitième anniversaire.

Quelques semaines avant son départ, Gabriel, dont les goûts cinématographiques étaient en général assez éloignés des leurs, avait loué un film qui leur avait donné l'idée de ce pacte. Le film racontait l'histoire d'un écrivain japonais qui, déguisé en militaire, se suicidait en se faisant hara-kiri dans le bureau d'un général. L'écrivain, dont ils avaient oublié le nom, estimait que le vieillissement était une maladie qui évoluait sournoisement; le virus attaquait d'abord le visage, puis il se répandait dans tout le corps, où il agissait en profondeur. À quarante ans, les dégâts étaient irrémédiables. Il devenait indécent de persister à les combattre. Il valait mieux en finir le plus rapidement possible. L'écrivain avait attendu jusqu'à l'âge de quarante-cinq ans. Eux, ils n'attendraient pas jusque-là. Ils mourraient quand ils seraient encore jeunes et beaux. Leur mort serait l'apothéose de leur beauté. Le sang coulerait de leurs veines ouvertes et baignerait leurs corps. Avant, ils se farderaient le visage, de peur que la souffrance n'enlaidisse leurs traits. L'écrivain avait annoncé son suicide plusieurs fois dans son œuvre, mais personne n'avait pris l'avertissement au sérieux. Au lieu de se substituer à l'action, l'écriture l'avait précédée. C'était Gabriel qui, après le film, avait fait ce drôle de commentaire.

Le disque avait fini de jouer. Figés devant le miroir, ils continuaient d'examiner leur image. Ils étaient encore présentables. Ils avaient des corps souples de danseur, des lèvres charnues et de longs cils dont chaque battement était un mot de passe.

Marianne avait passé la journée entière à fouiller dans sa garde-robe. Après de multiples essais, elle avait renoncé à porter sa robe noire. Elle avait préféré mettre une jupe dont le bleu pétrole était assorti à la couleur de ses chaussures à talons aiguilles. De coupe classique, cette jupe plairait davantage à Bernadette. Ses jambes et son pubis étaient soigneusement épilés. Au moment de choisir sa lingerie intime, Marianne avait longuement hésité. Elle craignait de choquer Bernadette qui, lors de leur précédente et unique rencontre, avait manifesté peu de goût pour les extravagances tant vestimentaires qu'érotiques; finalement, elle avait résolu la question en optant pour un cache-sexe en dentelle et en mettant dans son sac une culotte de coton que, le cas échéant, elle enfilerait en un tournemain. Elle ne portait pas de soutien-gorge, mais un bustier bleu ciel qui s'harmonisait avec sa jupe et qui laissait à découvert la majeure partie de son ventre et de son dos. La jupe et les souliers étaient un peu démodés, mais le bustier, qui était neuf, rachetait l'ensemble.

Alexis se demandait pourquoi Marianne s'était donné tant de mal. Pendant tout l'été, elle avait porté un jean coupé et des camisoles déchirées en se plaignant qu'elle n'avait rien de mieux à se mettre. Mais, le jour précédent, elle était allée faire un tour dans les magasins et, à son retour, elle avait refusé de lui montrer ses achats. Puis, dans la soirée, elle avait entrepris de faire le ménage de sa garde-robe; elle avait fait un tas avec les vêtements inutilisables et lavé le peu qui restait; dans un accès de magnanimité dont elle était peu coutumière, elle avait proposé de faire aussi le tri des vêtements d'Alexis. Visiblement, elle avait une idée derrière la tête, mais elle avait refusé de se laisser tirer les vers du nez. La sécheuse de Gabriel ne fonctionnant plus depuis plusieurs semaines, les vêtements avaient été mis à sécher sur les bras et les dossiers des chaises et des fauteuils. Pour accélérer le processus, Alexis avait fait un feu et installé une corde à linge devant le foyer.

Satisfaite de sa tenue, Marianne était prête à partir. Elle avait faim. Bernadette l'inviterait sûrement à manger, soit chez elle, soit au restaurant. Elle ne l'avait pas prévenue de sa visite. Mais l'effet de surprise jouerait en sa faveur. Bien entendu, il y avait un risque. On était encore en été et, à cette époque de l'année, les gens partaient souvent en voyage. Bernadette serait peut-être absente. Si elle avait eu le culot de faire une chose pareille, Marianne n'insisterait pas. Elle irait voir ailleurs. Mais, au fond, elle n'était pas vraiment inquiète. Bernadette serait certainement chez elle à attendre sa visite. La pauvre fille avait sans doute passé l'été à ne faire que ça: l'attendre!

Enfourchant son vélo vert, Marianne venait de partir.

Avec sa jupe serrée et ses talons aiguilles, elle n'irait pas bien loin. Comme d'habitude, elle se prendrait les pieds dans les pédales au premier coin de rue. En plus, les pneus de son vélo étaient mal gonflés et cette gourde ne savait pas se servir d'une pompe. Alexis ne se faisait pas d'illusion: dans moins de cinq minutes, elle crèverait, reviendrait à l'appartement en maugréant et l'embêterait pendant le reste de la soirée.

Elle n'avait pas voulu lui dire où elle allait, bien qu'il eût plusieurs fois proposé de l'accompagner. Si elle avait accepté, il l'aurait aidée à remettre la bicyclette en état. L'été s'achevait et ils ne s'étaient pas servis des vélos une seule fois. Les Miele étaient un cadeau de Gabriel dont ils s'étaient vite lassés.

Ils avaient failli en venir aux coups. Pourquoi faisait-elle un tel mystère de cette sortie? Qui l'avait invitée? Personne n'avait téléphoné pourtant. Marianne avait commencé par mentir. Elle avait dit que c'était pour lui, Alexis, qu'elle avait passé la journée à se faire belle.

De fait, elle n'était pas mal et, une fois n'étant pas coutume, il le lui avait dit. Elle avait réagi à ce compliment en l'embrassant. Elle avait mis un disque et ils avaient dansé. Ensuite, ils avaient fait l'amour. Elle l'avait pris dans sa bouche, pendant qu'il écartait son minuscule triangle de dentelle. Mais elle avait hâte d'en finir, cela se sentait bien. Elle le repoussait, puis l'attirait à elle avec brusquerie. Alexis était revenu à la charge. Qu'est-ce que c'était que ce rendez-vous? Pourquoi ne le remettait-elle pas à un autre jour? Ils sortiraient ensemble. Ils descendraient en vélo jusqu'au fleuve. Là, ils trouveraient un endroit qui ressemblerait à un décor de cinéma. Ils feraient l'amour au milieu des pigeons et des mouettes. Adossés au mur d'un entrepôt désaffecté, ils ne verraient pas le fleuve qu'une enfilade de containers déroberaient à leur vue. Avec un peu de chance, ils tomberaient peut-être sur une équipe de tournage. Ils figureraient au générique de l'un de ces interminables films d'auteur que Gabriel affectionnait tant – l'habituelle dérive urbaine à travers le port de Montréal et les quartiers avoisinants.

Naturellement, Marianne avait décliné cette proposition qu'elle avait jugée idiote. Elle était en retard et elle n'avait plus le temps de plaisanter. Elle avait rajusté ses vêtements et, enfilant par-dessus le blouson de cuir de Gabriel, elle s'était enfuie.

Cela faisait maintenant plus d'une heure qu'elle était partie. Alexis était tranquille, mais il avait faim et le réfrigérateur était vide. Il avait envie de manger des pâtes. Hélas! seul Gabriel savait bien les faire.

Alexis attendait Marianne. Sans elle, il était forcé d'admettre qu'il s'ennuyait. À quelle heure rentrerait-elle? Son mal de tête avait fini par disparaître, mais il n'avait pas envie de sortir. Comment viendrait-il à bout de cette nuit qui s'annonçait plus longue encore que la journée qui l'avait précédée? Il avait dormi toute la journée et il n'avait pas sommeil. S'il en avait été capable, il aurait écrit à Gabriel. Il n'avait jamais su écrire. Il ferait plein de fautes d'orthographe et Gabriel se moquerait de lui. Une fois, il avait pensé faire une cassette. N'était-ce pas plus facile de parler que d'écrire? Mais le magnétophone avait disparu. De toute façon, Alexis n'avait même pas l'adresse de Gabriel. Dans quelle partie du monde ce fugueur avait-il fui? Il n'avait pas dû aller bien loin: Gabriel n'était pas tellement aventureux. Peut-être se cachait-il quelque part en ville? Et peut-être était-ce avec lui que Marianne avait rendez-vous?

Alexis savait que cette idée était absurde, mais son

imagination ne s'en emportait pas moins. Il voyait Gabriel couvrant Marianne de fleurs et de baisers. Heureusement, l'hallucination était floue et l'image de Marianne s'estompait. Mais celle de Gabriel persistait. Alexis l'imaginait, se promenant sur une plage du bout du monde et contemplant la mer en pensant à eux. Avait-il aussi une pensée pour la chatte Aurore qui rôdait dans l'appartement en se grattant furieusement? Cette bête était pleine de parasites divers. Depuis le départ de Gabriel, elle avait complètement perdu le contrôle de son système pileux.

Alexis ramassa le bâton de rouge qui traînait par terre. Il était condamné à passer une soirée entière dans un appartement poussiéreux en la seule compagnie d'une bête geignarde; si ce concert de miaulements ne s'arrêtait pas tout de suite, il collerait un morceau de sparadrap sur la gueule de la chatte Aurore.

Biffant le «nous» et le *M*, il rectifia le message inscrit dans le miroir du salon. Puis, il le relut à voix haute:

G. L. Reviens vite!
Sinon, je vais mourir! de faim, de froid ou d'ennui!
A.

Satisfait, il laissa tomber le bâton par terre et essuya ses doigts tachés de rouge sur le chandail en laine écrue de Gabriel. Puisqu'elle aimait tant faire la lessive, Marianne nettoierait la tache en rentrant.

La chatte Aurore lapait mélancoliquement le lait qui restait dans une tasse que les lézards avaient laissée traîner sur un fauteuil. Ce fauteuil était celui dans lequel le Bien-Aimé s'asseyait pour lire. Quand il lisait, elle se roulait en boule sur ses genoux. Le Bien-Aimé la caressait d'une main et tournait les pages de l'autre. Elle faisait attention à ne pas bouger de peur de l'incommoder.

Elle n'était pas autorisée à manger sur les sièges des divans et des fauteuils. Un accident était si vite arrivé! À la rigueur, elle avait le droit de monter sur la table et de picorer directement dans l'assiette du Bien-Aimé. Mais les lézards ne respectaient pas les règlements et, à cause d'eux, elle était forcée de les enfreindre à son tour.

Les lézards étaient terriblement négligents! Non seulement ils mangeaient n'importe où et salopaient le velours des fauteuils, mais en plus ils avaient oublié de renouveler son collier insecticide. Or, dans son cas, il suffisait d'un seul parasite et le mal était fait: son poil se mettait à tomber par plaques. La chatte Aurore était très sujette aux dermatites. Si personne ne s'en occupait, elle serait chauve bien avant le retour du Bien-Aimé. Mais reviendrait-il?

Un peu plus tôt dans la soirée, elle avait fait un cauchemar. Elle avait entendu la voix du Bien-Aimé qui l'appelait à son secours. Elle entendait sa voix, mais ne le voyait nulle part. Elle avançait prudemment entre les pierres qui, ça et là, formaient des monticules. Elle avait fini par découvrir le corps du Bien-Aimé qui gisait derrière un bloc de lave. Des centaines de petits lézards grouillaient sur lui; d'autres – des géants, ceux-là! – le flairaient en grimaçant. Le Bien-Aimé délirait. Dans son délire, il faisait allusion à de mystérieux jardins qu'il appelait «les jardins de l'enfer». La chatte Aurore avait léché son visage qui était froid et graveleux. Curieusement, le Bien-Aimé n'avait pas réagi. Ses yeux grand ouverts ne cillaient pas; ils luisaient comme des pierres.

Ce rêve était certainement prémonitoire. Le Bien-Aimé était malade ou, pire encore! il était mort. La chatte Aurore était peut-être orpheline. Si cela était, sa condition actuelle n'en serait guère modifiée. En ce moment, par exemple, le lézard femelle était sorti et le lézard mâle, qui déambulait dans l'appartement en rongeant son frein, ne s'apercevait même pas de sa présence.

Elle perdait son temps à attendre le Bien-Aimé qui, vraisemblablement, avait disparu à jamais. Sans lui, cet appartement était une prison. Elle prendrait la route. Elle deviendrait une chatte errante. Pour tout bagage, elle n'emporterait que la paire de babouches qu'elle déroberait aux lézards.

Les chats des rues n'avaient pas de Bien-Aimé, mais ils rêvaient tous d'en avoir un. Elle, elle avait eu sa leçon. À l'avenir, elle éviterait de s'attacher à quelqu'un. De toute façon, son Bien-Aimé était irremplaçable.

Elle partirait demain; aujourd'hui, il y avait trop de vent. La chatte Aurore détestait le vent. Elle n'aimait pas l'aventure non plus. Elle avait peur des chiens, des voitures et de tout ce qui lui était inconnu. Mais elle surmonterait sa peur. Le Bien-Aimé guiderait ses pas. Sans doute n'irait-elle pas bien loin, car, à l'âge qu'elle avait, elle ne tarderait pas à s'envoler vers le paradis des chats.

CHARTE DE L'ÎLE DE SPERANZA COMMENCÉE LE 1000e JOUR DU CALENDRIER LOCAL ARTICLE II. Les habitants de l'île sont tenus, pour autant qu'ils pensent, de le faire à haute et intelligible voix.

MICHEL TOURNIER,
Vendredi ou les Limbes du Pacifique

Le Fou des îles continue de soliloquer, mais, cette fois, il s'en tient à la plume et au papier. Je n'avais pas la parole facile, dites-vous, en vous félicitant de ce que la chose me soit apparue avant que je ne récidive. C'est vrai. Le magnétophone m'intimidait; j'avais cru qu'il m'aiderait à m'exprimer plus librement, mais c'est le contraire qui s'est produit. Je vous lisais ce que j'avais écrit au préalable et, croyez-moi, cet artifice m'agaçait autant que vous.

Devrais-je maintenant vous écrire comme on parle? «Cela ne serait guère plus divertissant», soupirez-vous. Eh bien, soyez rassurés, car je n'ai pas ce talent-là. D'ailleurs, si je l'avais, je me demande comment il survivrait à l'épreuve du silence que je subis depuis des mois en m'étonnant de n'en point trop souffrir. Vous seriez surpris de me voir aussi silencieux. Moi qui, les jours de fièvre, jacassais comme une pie, voilà que je passe maintenant des journées entières sans dire un mot.

Je perds peu à peu les manières et les habitudes qui, autrefois, me donnaient l'illusion de compter au nombre des vivants et de mener moi aussi cette vie trépidante qui enivre tant de mes contemporains. Vous voyez ce que je veux dire par là, n'est-ce pas?

Non, ne protestez pas, je suis sûr que vous me comprenez très bien. Vous avez toujours été très perspicaces à ce sujet-là. D'un coup d'œil, vous étiez capables de repérer dans la cohorte de moribonds qui courent les rues les quelques porteurs sains de la «vraie vie», selon l'expression ingénue que vous utilisiez. Vous rejetiez les bons vivants, ne reteniez que les viveurs. Ceux-là, vous les dévoriez à belles dents et, ensuite, jamais rassasiés, vous en redemandiez encore. Vous viviez de ces vies dérobées, vomissant les banales, compissant les médiocres, n'assimilant que les plus riches – ces «vraies vies» pleines de surprises, de plaisirs et de tourments qui faisaient de vous des spectateurs haletants.

Vous étiez des ogres et j'aurais dû me douter qu'auprès de vous je ne ferais pas de vieux os. Je ne faisais pas le poids, c'est vrai, et, très vite, vous n'avez plus eu grand-chose à vous mettre sous la dent. Mais vous n'abandonniez pas la partie; bien au contraire, vous vous disputiez les restes comme deux fous qui s'acharnent sur la même proie. Alors, de peur que vous ne continuiez à dépérir sous mes yeux, j'ai préféré m'en aller. Souvenez-vous: nous étions devenus anorexiques. À force de nous bouffer les uns les autres, nous avions fini par perdre l'appétit.

En ce qui me concerne, je ne l'ai pas retrouvé. Voyez quel ascète je suis devenu: je mange peu, je ne fume plus – non! je n'ai pas recommencé – et j'ai cessé de boire. Cela s'est fait aussi facilement que le reste: un jour, je n'ai plus eu envie de boire mon *Galapago* quotidien. Je ne fais plus l'amour, pas même en rêve. Je marche, je nage, je me repose. Et je pense encore avec des mots.

Mais j'ai le pressentiment que, bientôt, je perdrai l'usage de la parole – et celui de mes jambes aussi. Alors, je serai prisonnier de cette île qui émerge peu à peu du fond de mon âme et je vivrai enfin ma vie – ma «vraie» vie de «vrai» sauvage!

Carlotta est très occupée. Elle va et vient entre l'archipel et le continent et je ne la rencontre pas souvent. Quant au vieux Fichot, il a regagné son île de Floerana et, depuis, je ne l'ai pas revu. D'après les racontars, il est malade et il ne veut voir personne. Il ne sort plus de peur de hâter l'évolution de son cancer de la peau. Le Las Rocas est fermé depuis huit jours; Raúl est en vacances et c'est à moi qu'il a confié la garde de la maison, des iguanes et de Lolo, le héron, que je nourris et distrais de mon mieux.

Avec lui, je parle un peu. Mais j'ai souvent des blancs. Alors, je me tourne vers le large d'où une voix familière me souffle les mots anciens que je murmurais autrefois à l'oreille de la chatte Aurore.

Vous êtes un peu perdus, n'est-ce pas? Qui sont ces gens, vous demandez-vous? Vous avez déjà oublié? Eh bien, reportez-vous au chapitre premier de nos entretiens. Souvenez-vous: j'avais passé une soirée entière à vous parler, sous l'œil goguenard de Lolo et de la horde de touristes néerlandais qui avait envahi le Las Rocas. Nous avions dîné ensemble et vous n'en finissiez pas de chipoter dans vos assiettes et dans mon cœur, triant les bons des mauvais morceaux.

Un bateau m'a déposé tantôt sur l'île de Seymour. Je

suis seul sur une plage de sable noir. Au centre de l'île, il y a une lagune qui abrite une colonie de flamants roses. La plage s'étend entre de chaotiques amoncellements de blocs de lave où se meuvent avec vélocité des centaines de crabes rouge vif aux yeux cerclés de bleu pastel.

Maintenant que le décor est planté, je peux commencer. Sur la racine aérienne de palétuvier qui me sert d'écritoire, j'ai disposé la panoplie de feutres de toutes les couleurs et l'épaisse rame de papier blanc que j'ai achetées à l'unique *tienda* du village. J'hésite pourtant, j'ai le curieux sentiment de ne pas savoir au juste à qui je m'adresse et pourquoi je le fais. Le temps a fait son œuvre et je ne sais plus très bien ce que je voulais vous écrire. Cette lettre sera-t-elle le test ultime que nous subirons tous les trois? Découvririons-nous ensuite que nous n'avons plus rien à nous dire?

Mes cassettes ont-elles toutes fait fausse route? Je les ai faites et refaites des dizaines de fois, avant de me satisfaire tant bien que mal de la dernière que je vous ai envoyée. S'est-elle rendue jusqu'à vous? J'en doute. Gonflé de scories, mon discours-fleuve se sera jeté dans la mer où il se sera perdu. Et, aujourd'hui, c'est vous qui, me lisant, nagez dans le brouillard.

Le mois dernier, le magnétophone est tombé en panne. Raúl l'a emporté avec lui sur le continent. De temps en temps, je téléphone à Gayaquil. *Mañana*, promet invariablement le technicien qui essaie de le réparer. Il vente si fort aux îles que le sable s'infiltre partout; le magnétophone en est plein et il semble que l'opération qui consiste à le retirer grain par grain soit très délicate. *No hay problema*, j'ai tout mon temps et perdu totalement la faculté de m'émouvoir devant ce genre de contrariétés.

De toute façon, je ne supportais plus d'entendre le

son de ma voix: elle vibrait, nasillait, grinçait comme le saxophone d'Archie Shepp lâchant une *dirty note*, bref elle était si fausse et m'agaçait tant que j'effaçais toutes les bandes au fur et à mesure que je les enregistrais; seule la dernière a été épargnée, la panne s'étant produite avant que je ne me sois résolu à faire marche arrière, une fois de plus.

La cassette est restée longtemps au fond du tiroir où elle avait échoué, mais elle n'y est plus. Qu'en ai-je fait? Je ne sais plus. J'ai des blancs, je viens de vous le dire, et il m'arrive de ne pas savoir davantage ce que je fais que ce que je dis. L'ai-je égarée, ou l'ai-je postée en même temps que ma dernière lettre à mon ami Gauthier, le comptable? Me le direz-vous à la fin: l'avez-vous reçue, cette satanée cassette? Dans l'ignorance où je suis, disons que je ferai comme si.

Archie Shepp, *the black Saint*! Ses disques faisaient-ils partie du lot que vous aviez vendu? Aviez-vous réussi à les récupérer par la suite? Là encore, j'ai oublié. Mais faites! faites, si ça ne l'est déjà. Vous disposez de tout ce qui m'appartient désormais. Un bien maigre héritage en vérité. Gauthier m'a prévenu: mes économies fondent à vue d'œil. Ne vous inquiétez pas! ici, je n'ai besoin de rien. Je vous cède l'appartement; continuez de l'habiter ou, si vous préférez, vendez-le; j'ai déjà écrit au notaire afin qu'il légalise la transaction.

Et, pendant que vous y êtes, liquidez le reste de la marchandise; vendez les meubles, le magnétoscope, le système de son, les appareils ménagers, les livres, les dictionnaires, les vêtements, le vélo; vendez, donnez, faites ce qu'il vous plaira, allumez un feu de joie avec ce dont personne ne voudra, brûlez mes lettres et mes papiers, noyez les plantes vertes, éventrez les coussins, videz mes poches et mes tiroirs, jetez tout ce qui vous tombera sous la main, flanquez ma vie à la poubelle, mais, de grâce! épargnez la chatte Aurore, car elle seule sera toujours mienne. Ayez pitié d'elle! laissez-lui au moins un bas, une pantoufle, un chandail qu'elle humera en souvenir de moi.

Vous voyez, je n'ai plus grand-chose à perdre. Et, quand je repense à cette malheureuse histoire de disques, j'ai honte. Comment avons-nous pu nous dresser ainsi les uns contre les autres, comme des coqs de combat? Souvenez-vous : c'est la chatte Aurore qui avait mis fin à cette mémorable prise de bec, le jour où, cédant à son tour à un mouvement d'impatience, elle avait fait une petite fugue – la première de sa vie de chatte modèle. L'ayant récupérée sous la galerie de la maison voisine, où elle avait passé la nuit à méditer sur les aléas de la condition féline, j'avais pensé qu'il valait mieux nous éloigner quelque temps, elle et moi, de l'ambiance désastreuse qui régnait dans l'appartement. À mon retour, j'avais retrouvé mon calme, mais j'ai longtemps gardé contre vous une rancune que je feignais d'ignorer.

Eh bien, vous avouerai-je que, me remémorant tout à l'heure les *dirty notes* d'Archie Shepp, je me suis aperçu que je ne me souvenais même plus des titres de ses albums? Tout cela n'aura été qu'un épouvantable malentendu, en fait. Ce ne fut pas le seul sans doute, mais, aujourd'hui, celui-là me paraît exemplaire.

Cet incident a fait date dans l'histoire de notre vie à trois. Je vous avais adoptés, et tout ce qui était à moi était à vous. Pourtant, j'ai perdu la tête ce jour-là. Me suis-je cru trahi, ai-je imaginé que j'étais la victime d'un complot? Quand je vous ai rencontrés, j'ai eu vite fait de comprendre que vous formiez une paire d'inséparables complices, mais j'avais cru, à tort, que cette complicité ne serait jamais dirigée contre moi. Peut-être ne l'a-t-elle pas été? J'ai une tendance à la paranoïa, je sais. Alors? Me suis-je cru méprisé parce que vous ne partagiez pas mon amour du jazz? Il me semble pourtant n'avoir jamais été narcissique à ce point. À vrai dire, je ne sais pas pourquoi j'ai pris cette histoire tellement au tragique. Tout ce que je sais, c'est que je vous aimais et que je vous appartenais corps et biens. J'étais heureux. Et voilà que, pour une trentaine de disques usagés, j'ai réagi comme si j'avais cessé de vous aimer plus que le jazz et plus que moi-même – plus que tout au monde en vérité. Pourquoi me suis-je conduit aussi sottement, faisant enquête, encourageant la délation, reconstituant tant bien que mal le méfait et le sanctionnant comme un père de famille ronchonneur? Pourquoi n'ai-je pas plutôt haussé philosophiquement les épaules et compris que cet incident ne représentait qu'une étape de plus sur le chemin du renoncement à ce qui, jusque-là, avait constitué l'ordinaire de ma petite vie de professeur de collège? En un sens, vous m'avez facilité les choses et, dans les mois qui ont suivi, j'ai poursuivi ma route sans plus me soucier de ce que je laissais derrière moi.

Ce que vous venez d'entendre – ou de lire plutôt – ne vous plaît pas beaucoup, reconnaissez-le. «Ainsi donc, Gabriel ne se soucierait plus de nous», répétez-vous en faisant simultanément une moue qui atteste que vous n'en croyez rien. «Impossible! où qu'il se trouve de par le monde, il continue de penser à nous et de se faire un sang d'encre en nous imaginant tels que nous sommes maintenant, moroses et faméliques, pataugeant maladroitement dans le bourbier de la vie réelle d'où, Dieu merci! il viendra nous extirper bientôt.» N'est-ce pas la prière que vous m'adressez chaque jour? Même en me bouchant les oreilles, je l'entends jusqu'ici. Eh bien, vous n'avez pas entièrement tort, car, à l'égal de Dieu, je suis toujours avec vous. Et, la plupart du temps, j'imagine le pire.

Comment ai-je pu être assez inconscient pour vous suggérer tout à l'heure de brûler ma correspondance et mes papiers intimes? N'en faites rien! je vous en prie. Je suis sûr que vous ne sauriez pas éteindre le feu. Qui sait si, à l'heure où je vous écris, le mal n'est pas déjà fait? Je vous vois d'ici, étendus sur vos coussins et dormant comme des innocents, pendant que vos poumons se remplissent de fumée.

C'est idiot, je sais, mais je n'y peux rien: j'ai peur que vous ne mouriez de mort violente et que, l'ignorant, je continue de rêver à vous. Je fais d'horribles cauchemars – des rêves éveillés que je me refuse à interpréter de peur de m'enfoncer davantage dans le remords et la culpabilité. En partant, j'ai tué la part de moi-même qui vous aimait encore, mais, si je n'étais pas parti, je crois que c'est vous que j'aurais tués. Je n'en dis pas plus, car le ressentiment s'effrite avec le temps. Seul le chagrin perdure.

Ne m'attendez pas: je ne reviendrai pas – du moins est-ce la résolution que j'ai prise et que je continue de m'efforcer de tenir. Il ne faut plus compter sur moi. N'allez pas croire que je plongerai à nouveau dans le bourbier et que je me débattrai seul contre les remous, pendant que vous passerez votre temps à vous prélasser sur la rive. Je n'en ai plus le courage. Vous m'avez vidé, vampé, vampirisé, si bien que j'ai peine encore à me tenir debout. En traversant de l'autre côté de la terre, j'ai viré le monde à l'envers. J'ai pris exemple sur vous. Voyez: c'est moi qui, aujourd'hui, me dore au soleil comme un lézard.

Depuis que je suis aux îles, je ne fais rien, je me refais.

De temps en temps, un fou tombe dans la mer comme

une bombe. Je contemple ce monde nouveau auquel je n'appartiens pas encore en songeant à l'ancien, celui que j'ai quitté et qui ne m'appartient plus – le monde de mes amours jumelles et de la chatte Aurore qui, jour après jour, renifle mes vieux vêtements en attendant mon retour.

S'il vous plaît, ne lui ditez pas qu'il est probable que je ne revienne jamais.

Mais, à vous, je ferai un aveu. Je vous avouerai que ces bêtises et maladresses innombrables, que vous commettiez les unes après les autres sans jamais en regretter aucune, m'apparaissent aujourd'hui comme d'inoubliables preuves d'amour. Et que, dans ces jardins de l'enfer où rien ne se passe que la lente et patiente évolution d'espèces toutes condamnées à disparaître, elles me manquent comme au nomade l'eau dans le désert.

Un pélican brun revient de la pêche. Il s'ébroue à moins d'un mètre de ma serviette et me dévisage avec curiosité. Les oiseaux des îles sont étonnamment familiers. Seuls les flamants roses s'effarouchent facilement, les autres – les pies moqueuses, les pinsons, les hérons, les pélicans, les frégates magnifiques, les fous à pattes rouges ou bleues – se ruent littéralement sur le visiteur. Ils sifflent sur votre passage, se posent sur votre épaule, trottinent derrière vous comme des animaux domestiques. J'avais cru que ce n'était là que bobards publicitaires ou divagations d'ornithologues. J'avais tort, car c'est la pure vérité et les jumelles que j'ai apportées ne me servent à rien. Les animaux des îles recherchent la compagnie des hommes qu'ils ne perçoivent pas comme des prédateurs.

Mais, de toutes les espèces animales qui peuplent l'archipel, l'otarie à fourrure est certainement la plus familière. Tout à l'heure encore, j'ai pris un bain de mer avec une bande de femelles surexcitées. Même si je n'avais pas mon masque, elles se sont toutes précipitées sur moi. Les otaries sont espiègles et elles s'amusent à happer le petit tube en caoutchouc qui flotte au ras des flots et qui approvisionne le nageur en oxygène; au début, elles m'effrayaient un peu, mais, maintenant, je ne sursaute même plus quand elles bondissent par-dessus mon dos. Quand je sors de l'eau, je contourne le rocher d'où le grand mâle surveille mes ébats avec son harem.

Mais c'est le paradis terrestre! ricanez-vous en songeant aux marées de toutes les couleurs qui polluent les côtes de toutes les mers du monde. Je sais, je lis parfois les journaux et Carlotta, qui est une spécialiste de ces questions, me tient au courant. Je sais que les phoques ont des furoncles sous les nageoires et qu'ils échouent comme des épaves sur les plages de la mer du Nord, que les poissons de la Méditerranée sont nécrosés, que des fioles de sang et des seringues polluent la côte atlantique, que les lacs du Québec sont acides et que, sur la rivière des Mille-Îles, les nénuphars croissent au milieu des protège-slip et des excréments. Carlotta m'a expliqué que l'océan ne digère rien, mais qu'il emmagasine les déchets qui progressivement l'étouffent sous leur poids.

Je sais aussi qu'en d'autres endroits du monde les jeunes tortues ne trouvent plus le chemin de la mer, qu'elles se perdent dans les dunes de sable où elles meurent. Ici, au moins, les touristes n'aveuglent pas les pondeuses avec leurs lampes électriques et ne piétinent pas les œufs. Saviez-vous que les tortues marines sont dépourvues de carapace quand elles viennent au monde? Elles ont une peau de velours et les oiseaux de mer n'en font qu'une bouchée; aussi ne gagnent-elles l'océan qu'à la nuit tombée, mais peu d'entre elles échappent à leurs prédateurs. La nature est ainsi faite. Et alors, me direz-vous? Où est la différence? Sans doute ne me réincarnerai-je jamais en tortue, mais, si cela était, je préférerais finir mes jours dans la gueule d'un héron que sous la sandalette en plastique d'un touriste!

Allons! cessez de vous moquer de moi. Je sais bien que les îles Galapagos ne sont pas le paradis terrestre. D'ailleurs, elles ne l'ont jamais été. La brochure que Carlotta a traduite raconte qu'«on a retrouvé les livres de bord de certains baleiniers: entre 1831 et 1868, au cours de cent quatre-vingt-neuf escales aux Galapagos, plus de dix mille tortues furent capturées! Ce chiffre est certainement très inférieur à la réalité, car on n'a pas pu lire tous les livres de bord et tous ne mentionnent pas ces «détails»... On pourrait imaginer qu'avec l'apparition des bateaux à vapeur – voyages moins longs, cargaison plus importante –, l'hécatombe cesserait: il n'en fut rien, au contraire. Les baleines étant de plus en plus rares, il fallait trouver des animaux qui fourniraient de l'huile... Et c'est ainsi que les fabricants de matières grasses entretinrent le massacre, qui dura jusqu'à l'extermination à peu près totale des tortues terrestres, vers 1950*.»

Encore aujourd'hui, la sécheresse et la pollution causent de nombreux dégâts dont Carlotta m'entretient souvent. Elle dit que le terrain se dégrade et que les autorités

* Citation extraite du livre de Christian Zuber, *Caméra au poing, aux îles Galapagos*, éditions Flammarion.

de la station Darwin souhaitent interdire le tourisme. Pourtant, le nombre de visiteurs est strictement contingenté. Et les déplacements dans l'archipel sont sévèrement réglementés; ils s'effectuent obligatoirement sous la surveillance d'un employé du Parc. Grâce à mes relations avec Carlotta, j'ai obtenu la permission de circuler seul sur quelques-unes des îles, mais, naturellement, je suis tenu d'observer les règlements. Ainsi ai-je recueilli dans un mouchoir les pépins de l'orange que j'ai mangée tout à l'heure, car il n'y a pas d'orangers sur l'île de Seymour et un seul de ces arbres suffirait à modifier entièrement son écosystème. L'archipel est un laboratoire où les chercheurs observent l'évolution de la nature en s'abstenant d'intervenir. Mais certains touristes n'en font qu'à leur tête et, à cause d'eux, l'on me chassera un jour des jardins de l'enfer.

Quand je mourrai, je ne monterai pas au ciel avec la chatte Aurore; je tomberai en chute libre jusqu'au centre de la terre où mon corps s'unira à la matière en fusion.

De son bec indiscret, le pélican fouille dans les boulettes de papier froissé qui s'accumulent autour de moi. J'ai la main leste et je détruis mes brouillons avec la même célérité que naguère mes ébauches de messages enregistrés. Hier, j'appuyais sur la touche *rewind*, aujourd'hui, je déchire mes feuillets.

«L'imposteur! il nous cache encore des choses», protestez-vous. Vous en avez assez des facéties des pélicans et des otaries, dites-vous. Les toussotements, les hésitations, les lapsus et les redites, les biffures, les mots cachés, les phrases non terminées: c'est cette matière-là, la brute, qui vous intéresse. Mes brouillons vous intriguent. Mais, à les lire ou à les entendre, vous seriez déçus, car ils ne contiennent que billevesées et paroles en l'air qui, à peine énoncées, se dégonflent comme des ballons crevés.

Vous le savez, je déteste l'improvisation et je tourne toujours sept fois ma langue dans ma bouche avant de parler. Et, parfois, je fais mieux encore: je garde le silence pendant un long moment.

J'ai mal aux yeux. Ils chauffent, celui de gauche surtout. C'est le soleil qui m'éblouit. Depuis quelques jours en effet, le beau temps est revenu, bien que la saison des pluies soit loin d'être terminée. Moi qui suis souvent d'humeur pluvieuse ces temps-ci, cela me contrarie.

Au début de mon séjour, j'ai eu du mal à m'adapter au climat équatorial; j'étais toujours maussade. Maintenant, je m'efforce d'accorder mon humeur au temps qu'il fait; je ne m'autorise à pleurer sur mon sort que les jours de *garua*. Et j'attends avec impatience le début de la saison sèche. Aux environs de Noël, l'île de Plaza se parera d'un linceul écarlate. C'est de Carlotta que je tiens cette information. Le mois d'octobre commence à peine et le *saesuvium* – une plante grasse et rampante qui colonise les champs de lave – est encore vert. À votre avis, me rendrai-je jusque-là?

En attendant, je garde mes yeux fixés sur le soleil – «sur le soleil exactement», dirait Gainsbourg. Vous ne connaissez pas cette chanson, je sais. Vous êtes trop jeunes. Moi, je suis vieux: j'ai eu trente ans le mois dernier. Et, comme Jules Fichot, j'ai des poches sous les yeux.

Ce n'est pas le soleil qui arrangera ça, je sais. Rassurez-vous: je ne profiterai pas de l'occasion pour entonner le refrain connu sur l'effet de serre ou la disparition de la couche d'ozone. Je ne discute de ces choses-là qu'avec Carlotta; ce sont des sujets relativement neutres qui me permettent de couper court à ses confidences. Car, entre deux voyages sur le continent, elle s'est mise à m'en faire et, à la vérité, je n'y tiens pas. Carlotta est triste, désabusée; elle cherche un espoir auquel se raccrocher. Nous sommes très différents. Elle préfère le soleil à la *garua*. Moi, j'aime mieux le brouillard. Je vous l'ai dit et vous le redis encore: si j'aimais tant vos yeux, c'était parce qu'ils étaient flous et noirs comme le jais. Je me méfie des êtres à travers lesquels on voit trop facilement. Pourtant, en renonçant à vous, c'est au mensonge et à l'équivoque que j'ai renoncé.

J'aime la *garua* parce qu'elle altère les couleurs. Quand il ne pleut pas comme aujourd'hui, la mer est une améthyste brillante qu'enserrent de sombres coulées de lave. Le contraste est si violent qu'il en devient presque douloureux. Ma vue se brouille. Mais la faute n'en incombe pas qu'au soleil: c'est aussi un effet secondaire de mon médicament contre le mal de mer – une pastille que je me colle derrière l'oreille et qui agit directement sur mon centre de gravité. Je garde un très mauvais souvenir de mon premier voyage en mer. Depuis, je prends mes précautions avant de m'embarquer – et ce, même quand la mer est calme et la traversée, de courte durée comme aujourd'hui.

Il semble que je perde facilement l'équilibre depuis que je vous ai quittés. Je regarde le soleil briller et mes yeux se mettent bêtement à larmoyer; deux effrontés me flanquent à la porte de chez moi, je monte à bord d'un bateau qui tangue un peu et, aussitôt, j'ai le cœur au bord des lèvres et je vacille sur mes jambes, comme le vieux Fichot quand il a pris un verre de trop.

Je suis une petite nature: je ne vous le fais pas dire.

Le Daphné vient de jeter l'ancre à quelques mètres de la plage: c'est le bateau qui me ramènera à Puerto Ayora. J'aurais préféré rentrer avec le *señor* Rodriguez, le pêcheur qui m'a laissé ici ce matin.

Les touristes débarquent. Quelques-uns plongent et nagent jusqu'à l'île, d'autres s'entassent dans un canot à moteur. Ils sont bruyants; le canot contourne l'éperon rocheux qui se dresse au milieu de la baie et je les entends qui poussent des oh! et des ah! Les otaries sont à la fête et forment un turbulent comité d'accueil qui effraie les nageurs.

Combien sont-ils dans le canot à moteur? Ils ont tous des sandales en plastique, un chandail en coton ouaté à l'effigie du club de vacances auquel ils appartiennent, un 35 millimètres avec téléobjectif en bandoulière, des jumelles et une pochette imperméable qui contient leur passeport et leurs billets de banque. C'est l'uniforme de l'aventurier tel que prescrit lors de la rencontre qui précède le départ. Les Hollandais, les Scandinaves, les Français: ils sont tous pareils. Comment saurais-je si ceux-là sont de la même espèce que moi – de celle qui ploie sous ses habits de fourrure, somnole pendant des mois dans sa tanière surchauffée, se réveille au beau milieu de l'hiver, secoue ses plumes neigeuses, s'envole vers le soleil et, au bout d'un moment, remonte vers le nord parce que, somme toute, là se trouve son habitat naturel?

Je tends l'oreille. Parlent-ils français? Mon Dieu! faites

qu'il n'en soit rien. Je m'imagine déjà, terrassé par une avalanche de questions auxquelles je ne saurai quoi répondre. Qui je suis? D'où je viens? Où je vais? Qu'est-ce que je suis venu faire ici? Dans ces cas-là, j'usurpe parfois l'identité de Carlotta et je me présente comme un biologiste, un chercheur à l'emploi de la station Darwin, et, la plupart du temps, je parviens plus ou moins à faire illusion.

Vous m'excuserez: je dois m'interrompre, ranger mon nécessaire à écrire, car les visiteurs envahissent déjà l'île. Ils en auront vite fait le tour. Ensuite, ils grimperont en haut du rocher qui surplombe la lagune. De là, on aperçoit une mer de cratères et de champs de lave: c'est la grande île de Santa Cruz qui abrite le village de Puerto Ayora et le Las Rocas où m'attend le héron Lolo, que je néglige.

Je les observe et je suis déçu. Vous n'êtes pas parmi eux. Il m'avait semblé pourtant apercevoir un couple de fous, braquant sur moi ses jumelles. J'aurai eu la berlue, voilà tout !

On m'entoure. Je suis cerné, interrogé, fêté; tous ont le regard clair, personne n'a les yeux noirs. Au large, je vois le bateau tanguer. J'ai la nausée rien qu'à le regarder. Machinalement, je tâte le lobe de mon oreille.

Deux oiseaux de mer se posent sur la proue. On dirait qu'ils me font signe.

Toute une nuit s'est écoulée depuis que j'ai interrompu ma lettre. Figurez-vous qu'hier soir, à mon retour de l'île de Seymour, Carlotta m'attendait dans ma chambre. Elle m'a dit qu'elle était revenue du continent depuis plusieurs jours déjà, mais qu'elle avait tardé à me rendre visite parce qu'elle avait peur que je refuse la proposition qu'elle s'apprêtait à me faire.

Elle m'a dit ça d'un trait, sans me laisser le temps de l'interrompre. J'étais stupéfait: qu'est-ce que Carlotta pouvait bien avoir à me proposer? Elle était assise sur mon lit et portait un tee-shirt orné d'un flamant rose. De temps à autre, elle farfouillait dans un grand sac qu'elle tenait sur ses genoux. Elle n'avait besoin de rien, elle faisait ça nerveusement.

Impossible de la faire taire! elle parlait sans arrêt et les mots français, anglais, espagnols se bousculaient dans sa bouche en s'emmêlant les uns aux autres. Elle répétait tout le temps *My God!* et *Dios mio!* et, comme dit le vieux Fichot quand il s'emporte, *Nom de Dieu de nom de Dieu!*

Elle a parlé ainsi presque toute la nuit. «*I would say... oh! listen! let me tell you... what else could I say ...*» et elle repartait de plus belle. Et moi, je l'écoutais. J'étais content de la voir; je me réjouissais de rompre mon pacte du silence. En pénétrant dans son univers à elle, j'oubliais le mien. Et, croyez-moi, cela me faisait du bien.

«Otavalho est une petite ville des Andes, racontait-elle, une jolie ville entourée de pics neigeux, il fait toujours frais là-bas, l'air des montagnes est extraordinairement vivifiant; les Indiens sont vêtus de blanc, ils ont de grosses joues rondes et des yeux bridés, ils ressemblent à des Chinois, ils font de l'élevage, de l'artisanat, ils ont l'air de vivre assez bien, en tout cas, ils ne crèvent pas de faim; les garçons ont des motos, ils portent encore la natte et, quand ils filent sur la grand-route, leur natte vole au vent et vient frapper contre leur dos; *those Indians seem to be so... well so...*»

Je laissais parler Carlotta. Quand je suis arrivé en Équateur, j'ai visité Otavalho moi aussi. J'avais deux ou trois jours à perdre en attendant le bateau pour les îles. En plus, j'ai un ami qui habite Quito, la capitale; il serait plus juste de dire que «j'avais» un ami... Vous n'avez pas connu Diego. Il avait déjà quitté Montréal quand je vous ai rencontrés. Diego cherchait du travail; il n'en a pas trouvé, il a eu des ennuis avec l'Immigration et, finalement, il est reparti en Équateur. On s'est écrit quelque temps, puis on a cessé. En arrivant à l'aéroport, je me suis souvenu de lui. Dans l'avion, j'avais été incapable de penser à autre chose qu'à vous et à la chatte Aurore. Diego habitait toujours à la même adresse, rue Bolivar. Il m'a reçu assez froidement. J'en ai été peiné, mais je n'ai pas insisté. Après tout, je ne l'avais pas prévenu de ma visite. Puis, il m'a raconté une invraisemblable histoire de lettres à laquelle je n'ai pas compris grand-chose. Il m'avait, disait-il, écrit une lettre, dans laquelle il me faisait part de son projet de revenir tenter sa chance une seconde fois à Montréal; deux mois plus tard, il recevait une réponse de ma part, l'invitant en termes insultants à aller se faire voir ailleurs; signée de mon nom, la lettre était rédigée en français et l'interprète auquel Diego avait eu recours s'était dit extrêmement surpris par la grossièreté du langage employé. Je n'ai pas cru un mot de cette histoire incompréhensible qui, cependant, m'a laissé perplexe. D'ailleurs, je le suis encore. Serais-je atteint d'une forme d'amnésie particulière qui n'affecterait que la mémoire de l'écrit? Dans ce cas, combien restera-t-il de ces mots que je couche si difficilement sur le papier? Bien peu, en vérité, car déjà j'en gomme un sur deux.

Mais, ce jour-là, je n'ai pas eu envie de tirer cette affaire au clair, j'étais trop fatigué et Diego avait depuis longtemps détruit la lettre incriminante. Le lendemain, je prenais le car pour Otavalho, comme il me l'avait conseillé. C'était jour de marché et il y avait beaucoup de monde;

j'avais froid, je regardais les montagnes et j'avais l'impression qu'elles allaient s'effondrer sur moi. La tête me tournait, j'avais les jambes comme du coton. *El soroche*, le mal de l'altitude: Diego m'avait prévenu. L'après-midi même, je montais dans un car qui descendait vers la mer.

«*El mercado de los Indios otavalhos... the sun shining above the volcanos...*» poursuivait Carlotta à qui je n'ai rien dit de mon voyage-éclair dans les Andes.

«Ces gens-là n'ont pas besoin de moi, ajoutait-elle en tripotant le petit bouton qu'elle a sur la joue droite, et, *of course,* c'est bien mieux comme ça, *but in one way...* si j'allais m'installer là-haut, je trouverais bien quelque chose à faire, des trucs à soigner par exemple, j'ai été infirmière, tu sais, je connais ça, *las espinillas, los hongos, la picazon,* tout ce qui gratte, enfle, brûle, et les fièvres, les parasitoses, la dénutrition, *don't you remember* Gabriel? *I've told you everything about El Salvador, it was quite a short story, even if...* oui, une histoire simple que tout le monde connaît par cœur même si elle n'a jamais de fin, une histoire de guerre, de souffrance et de faim, de journées trop courtes, de stock d'antibiotiques qui diminue, *no time to rest,* alors chacun se débrouille comme il peut, on fait des miracles avec rien, mais il arrive parfois que quelqu'un commette une gaffe ou une erreur parce qu'il n'a pas dormi assez et qu'il ne sait plus ce qu'il fait, il y a tant à faire! Gabriel, ça n'arrête jamais, les bombes, les assassinats, les enlèvements, les tortures, les *muchachos* qui perdent leur sang, *you've got to be always on the go,* personne n'en peut plus alors tout le monde fait de son mieux, mais certains n'ont pas de chance, on dirait qu'ils jouent de malheur, *la mala suerte...*»

Carlotta m'avait déjà parlé du Salvador et de son travail auprès des personnes «déplacées». Comme je vous l'ai dit tout à l'heure, elle se confiait souvent à moi ces derniers temps. Mais, hier, elle déballait tout en vrac: son enfance en Angleterre, l'École des infirmières, l'hôpital, les querelles avec les administrateurs, les démêlés avec les médecins, les cours du soir, le *master's degree* en biologie animale, les heures de labo, l'ennui, l'insatisfaction, le sentiment d'inutilité, le départ, la décision de reprendre son ancien métier d'infirmière, l'espoir, les camps, la guerre, l'épuisement, la culpabilité.

Je sais qu'elle ne se pardonne pas sa désertion. Elle me l'a dit à plusieurs reprises. En optant une seconde fois pour la biologie (animale, en plus), elle considère qu'elle a choisi la facilité: c'est ainsi qu'elle voit les choses. Carlotta est très sévère avec elle-même. Heureusement, elle l'est moins avec les autres. Elle travaille beaucoup; depuis qu'elle a réussi à s'intégrer à une équipe de recherches de la station Darwin, elle ne fait plus de traductions. Mais, assez curieusement, plus elle s'intéresse à son boulot, et en particulier à Pinta, plus elle se le reproche. «Qui est Pinta?» vous demandez-vous. Seriez-vous devenus amnésiques vous aussi? Pinta, c'est la vieille tortue mâle qui médite dans son enclos. Souvenez-vous: son histoire occupe au moins trois bonnes minutes sur la cassette que je vous ai envoyée. Pinta est toujours en vie, mais, après sa mort, ce sera le néant. L'espèce des tortues à long col de l'île de Pinta aura définitivement disparu de la surface de la terre et personne ne s'en souciera, sauf Carlotta.

D'habitude, quand Carlotta fait une crise de culpabilité, j'essaie de la calmer et, en général, j'y parviens. Mais, la nuit dernière, j'ai eu du mal à le faire: d'abord, parce qu'elle ne me permettait pas de l'interrompre et, ensuite, parce que j'apprenais, bribe par bribe, un nouvel épisode de son épopée salvadorienne que, jusque-là, elle avait gardé secret. Les *no time to rest* et les «il y avait toujours quelque chose à faire» qui ponctuaient son discours, les «gaffes», les *mala suerta* prononcés en se tordant les mains, finissaient par s'expliquer. Quelque chose avait eu lieu, là-bas, dans le camp de réfugiés, un événement traumatisant et inoubliable qui semblait être à l'origine de ce sentiment de culpabilité qu'éprouve sans cesse Carlotta.

«*Anyway, I think I've had enough,* oui, j'en ai assez des îles, poursuivait Carlotta, d'ailleurs, Pinta n'a pas réellement besoin de moi, *nobody needs me around here,* mais cela vaut mieux probablement, sinon je pourrais encore faire une gaffe, nom de Dieu de nom de Dieu! pourquoi est-ce que je ne suis pas capable d'oublier ce colonel de malheur, je voudrais ne penser qu'aux tortues, ne penser qu'à Pinta et à toi, oh! *please*, ne me regarde pas de cette façon-là, *I know it's silly, but I'm fond of you,* Gabriel... *oh God! I feel so ridiculous...* je ne suis pas quelqu'un pour toi, je sais bien, je ne suis pas ton genre, tu n'as pas besoin de moi, personne ici n'a besoin de moi, ni toi, ni Pinta, ni Jules Fichot qui refuse de se soigner, tu vois, c'est pour toutes ces raisons-là que je fuis, que je file sur le continent, ou bien que je m'enferme avec Pinta dans son enclos, tout le monde tourne en rond dans cet archipel irréel, toi par exemple, Gabriel, oui, toi, car enfin dis-moi, peux-tu me dire enfin... *what the hell are you doing here!* Gabriel, tu maigris, tu as le teint verdâtre comme un iguane, penses-tu sauver ta peau en te cachant sous ce camouflage grotesque? Non, ne réponds pas, je pose des questions indiscrètes auxquelles tu ne peux pas répondre, tu ne réponds jamais d'ailleurs, tu as peur, et moi aussi j'ai peur, tous, ici, nous avons la frousse et nous parcourons le monde, tu veux disparaître, c'est ce que tu veux? nom de Dieu! Gabriel, si tu continues comme ça, tu vas finir par y arriver, *if only...* si seulement j'étais capable de t'aider, laisse-moi t'aider Gabriel, *don't you need a little help from your friend Carlotta?* pense à tout ce qu'il y aurait à faire si seulement tu voulais te secouer un peu, je suis sûre qu'au fond tu ne demandes que ça, bouger, réagir, vivre, *get a move on!* Gabriel, je peux t'aider si tu veux, arrache-toi à cette terre de roches où les cactus ressemblent à des cierges funéraires, viens avec moi Gabriel, je t'aiderai, je suis forte, je t'enlèverai s'il le faut et, si je perds l'équilibre, tu me retiendras, tu t'accrocheras à moi, tu me prendras dans tes bras, Gabriel, *my love!* pardonne-moi, je ne sais plus ce que je dis, tu n'as pas besoin de moi, tu n'as besoin de personne, *but help me!* Gabriel, *please help me!*»

En lançant cet appel au secours, Carlotta a levé la tête vers moi. Jusque-là, elle s'était adressée à ma descente de lit – un tapis de laine de brebis, tissé par la mère de Raúl. Ses yeux étaient verts comme la mer. Elle a toujours ces yeux-là quand elle passe la journée sur la vedette de la station Darwin. À quelle heure était-elle rentrée? Dans quelle île était-elle allée? Continuait-elle de bien s'entendre avec les membres de l'équipe? Où en étaient leurs recherches? Les jeunes tortues, couvées et élevées dans la pouponnière de la station Darwin, s'acclimataient-elles à leurs îles d'origine? Mais, plutôt que d'importuner Carlotta avec ces questions insignifiantes, je gardais le silence. Je me dérobais. Pourtant, j'avais envie de la prendre dans mes bras comme elle me le demandait, de la consoler, d'échanger sa culpabilité avec la mienne. J'étais mal à l'aise mais ému, je ne savais pas comment répondre à son appel au secours, mais, plus je l'écoutais parler, plus je la désirais. Ne m'en veuillez pas, car je n'aime pas Carlotta, je n'aime que vous. Mais, *my God!* comment expliquer ça à une fille qui ne parle pas toujours la même langue que moi. J'ai peur qu'elle ne m'interprète mal; je suis si confus parfois! Carlotta est parfaitement bilingue, trilingue même, mais elle tombe facilement dans les pièges involontaires que je lui tends. Elle a confiance en moi; elle se trompe, car je suis un faux ami. Ne l'avez-vous pas appris à vos dépens?

Quand elle a commencé à me raconter son histoire de colonel salvadorien, j'ai été si bouleversé que, me levant du fauteuil où j'avais passé la moitié de la nuit à l'écouter en silence, je suis allé la rejoindre sur le lit. Carlotta m'a fait le récit de cette fameuse gaffe à laquelle elle avait fait si souvent allusion. C'est le genre d'histoire qui, tels que je vous connais, vous intéressera – une histoire tirée de la «vraie» vie. Vous hochez la tête dubitativement, mais vous allumez des cigarettes et vous attendez la suite. Eh bien, puisque vous insistez, je continue.

Au moment où cette histoire commence, Carlotta, qui a repris au Salvador son ancien métier d'infirmière, revient d'un séjour de trois ans en zone libérée. Elle est découragée, car le petit dispensaire où elle travaillait a été entièrement détruit par un bombardement qui a fait plusieurs victimes. Carlotta songe à tout abandonner, puis elle se ravise. Son organisation l'envoie dans un camp de réfugiés, situé à la périphérie de la capitale. Elle reprend le boulot, mais le cœur n'y est pas. Elle a envie de manger au restaurant, de s'acheter des vêtements, d'aller au cinéma, de «sortir». Elle n'est pas sortie depuis trois ans.

Un jour, Carlotta, qui n'aime pas tellement danser, est invitée à l'Eden Club par un colonel salvadorien. Elle l'appelle le Colonel, mais, en réalité, cet homme n'est que le neveu d'un colonel. C'est un fils de famille qui a beaucoup d'argent; il appartient à l'une des «quatorze familles» de *tierra tenientes* du Salvador. De toute façon, le jour de l'invitation, Carlotta ne sait rien de tout cela encore. Le

Colonel ne lui révélera son identité qu'à la fin de la soirée qu'ils passeront ensemble.

Ce matin-là, Carlotta transporte un lourd colis de vivres destinés aux réfugiés; elle est en retard et elle court sur les trottoirs éventrés de la capitale qui, comme d'habitude, sont jonchés d'immondices; elle heurte du pied un objet non identifiable, perd l'équilibre, laisse tomber son colis. Le Colonel, qui passait par là par hasard, se précipite à sa rescousse; il s'enquiert de sa destination, hèle un taxi, paie d'avance le chauffeur et invite Carlotta à l'accompagner à l'Eden Club, un soir de la semaine qui vient. Celle-ci refuse: elle n'a pas l'habitude de sortir avec des inconnus. Mais, de retour au camp, elle en parle à sa camarade Eleonor qui l'assure qu'elle a besoin de distractions et la convainc d'accepter. Le jour dit, elle fait à l'Eden Club une entrée remarquée. Car Carlotta a de très jolis yeux verts. Je radote, dites-vous en levant simultanément au ciel vos quatre magnifiques yeux noir de jais. Vous avez raison. J'abrège.

Attablé au bar, le Colonel voit apparaître Carlotta. Il est surpris mais ravi. Il est fou de Carlotta, vous l'avez deviné. Elle, elle est assise sur une banquette de velours et elle sirote un *Cuba libre* en regardant autour d'elle avec méfiance. La salle est à moitié remplie; il y a des militaires, des journalistes de la presse étrangère et des membres du personnel des ambassades. À une table, un groupe de jeunes gens de nationalités diverses parlent tous en même temps. Carlotta craint qu'ils ne la reconnaissent, car certains d'entre eux travaillent pour une organisme rival du sien. Elle a honte de son compagnon. Un moment, elle est tentée de les rejoindre. Elle hésite. Le Colonel lui prend la main à l'improviste et il l'entraîne sur la piste de danse.

Carlotta affirme qu'elle ne sait pas danser, mais il ne l'écoute pas.

Le Colonel danse bien et Carlotta ne se débrouille pas mal non plus. Ils forment un couple élégant qui frôle la table des militants. Carlotta a cessé de se soucier d'eux. Après tout, elle aussi a besoin d'une soupape. Comme eux, elle a besoin de boire, de danser, de parler de choses et d'autres. Elle renoue avec un monde oublié – un monde dans lequel personne n'est malade ou sous-alimenté. Dans ce monde-là, les membres des «quatorze familles» discutent du cours de la United Fruit sur le marché boursier en buvant du whisky importé, pendant que les militants des organismes internationaux débattent de la réforme agraire en consommant la bière locale. Ironiquement, les uns et les autres fréquentent l'Eden Club parce que cet établissement est l'un des rares à avoir survécu à la guerre. Même la *zona rosa* est en ruine et, après dix-huit heures, les fils de famille, les militaires et les étrangers sont les seules personnes qui osent s'aventurer dans les rues de la capitale.

Le Colonel fait une cour empressée à Carlotta. Jamais personne ne l'a complimentée autant! Ses yeux, ses cheveux, ses jambes, toutes les parties de son anatomie sont évaluées – «surévaluées», pense Carlotta qui se soumet à l'examen en souriant; le Colonel est ridicule, mais il a du charme, malgré sa moustache de militaire. Il a de belles mains de musicien qui se baladent sous son chemisier. D'ailleurs, il est mélomane et il fredonne le Kindertotenlieder de Mahler. Le rhum monte à la tête de Carlotta, qui en commande un deuxième, puis un troisième, tant cela l'amuse d'entendre le Colonel dire: «*Camarero, otro Cuba libre, por favor!*»

Carlotta est rentrée au camp à six heures du matin. Là-bas, tout le monde était en état de choc. À trois heures du matin, une jeep aux vitres fumées s'était arrêtée devant la grille. Il n'y avait eu qu'une seule rafale qui avait fait trois victimes: un médecin salvadorien, un enfant de six ans et Eleonor qui était de garde cette nuit-là. Carlotta l'avait échappé belle: au dernier moment, elle avait échangé son tour de garde avec sa camarade qui l'avait convaincue de ne pas rater son rendez-vous à l'Eden Club.

Quand Carlotta a revu le Colonel, il a affirmé qu'il n'était au courant de rien. Il s'est réjoui de ce qu'elle ait eu la vie sauve. Carlotta lui a demandé de l'aider à démasquer les assassins. Elle s'attendait à ce qu'il refuse et, de fait, il a refusé. Elle est partie sans lui dire au revoir. Le Colonel n'a pas cherché à la retenir. Il fredonnait son lied de Malher et, à cause de sa moustache, il était difficile de savoir s'il était déçu, satisfait ou irrité. De toute façon, aux yeux de Carlotta, il avait perdu tout son charme.

Puis, les choses ont suivi le cours qu'elles suivent normalement dans ces cas-là. Les organismes internationaux sont intervenus auprès du gouvernement, lequel s'est lavé les mains de l'affaire en émettant un commentaire laconique qui, entre les lignes, faisait allusion à certains éléments incontrôlés des forces armées. L'armée, à son tour, s'est disculpée en accusant les escadrons de la mort, pourtant officiellement dissous. Au Salvador, les tueurs se dissimulent derrière les vitres fumées de leurs jeeps, et personne ne les identifie jamais; comme les vampires, ils ne sortent que la nuit; le jour, ils n'existent pas. Du moins est-ce ce que les autorités font semblant de croire. Bref, tout le monde déplorait l'incident, mais personne n'en était responsable.

À la fin de son histoire, Carlotta était en larmes. Je comprenais qu'elle se soit sentie responsable de la mort d'Eleonor, mais je ne voyais pas en quoi elle avait commis une «gaffe». Elle m'a expliqué que son rendez-vous avec le Colonel avait précipité l'événement. Tout le monde soupçonnait que le camp était menacé et chacun redoublait de vigilance, mais personne ne savait quand l'opération aurait lieu. Dans la semaine suivant sa rencontre avec Carlotta, le Colonel serait intervenu auprès des personnes concernées, auxquelles il aurait suggéré une date coïncidant avec son rendez-vous à l'Eden Club; ce faisant, il avait l'assurance que la vie de Carlotta serait épargnée. «Mais, puisque le Colonel n'est pas un «vrai» colonel...» ai-je tenté d'argumenter. «Son père aura agi à sa demande», a rétorqué Carlotta en ajoutant que, le matin de sa rencontre avec le Colonel, elle avait été assez sotte pour lui révéler qu'elle travaillait au camp.

Carlotta n'a rien voulu entendre. En sortant avec le Colonel, elle a joué de malheur, *la mala suerte*, comme elle dit. Elle a volé la vie d'Eléonor. Et, depuis, elle la gaspille en bichonnant de grosses tortues. En disant ces mots, Carlotta s'est étranglée avec une gorgée de l'*aguardiente* que je lui avais servi.

«Quelle idiote!» ricanez-vous. À sa place, n'importe qui se serait contenté de ce colonel qui dansait si bien. Il devait sûrement être très riche. Faisait-il bien l'amour?

Ça, je n'en sais rien. Carlotta ne m'en a rien dit et, d'ailleurs, ça ne m'intéresse pas. Mais, elle, elle le fait bien. Elle ne se regarde pas le faire comme vous, elle le fait, tout simplement. J'avais oublié ce bonheur qu'il y a à perdre la tête dans le corps de l'autre. L'esprit prend un repos bien mérité. Après l'amour, le sommeil m'a saisi d'un coup. Cela ne m'était pas arrivé depuis que je vous ai quittés. Au début de notre vie commune, je m'endormais souvent ainsi, enserré entre vos deux corps.

Pendant que je termine ma lettre, Carlotta navigue à

bord du Charles Darwin. Quand elle rentrera, ses yeux auront pris la couleur de la mer et nous recommencerons. Je l'attends, mais, au fond, je crois que je préférerais qu'elle ne rentre pas.

Carlotta ne vous ressemble pas du tout. Elle est généreuse, impétueuse et, entre deux accès de culpabilité, elle s'enthousiasme facilement. Quand elle dit que le sort du monde l'indiffère, elle se ment à elle-même. Ses propos désabusés sonnent faux. «Quelle extraordinaire bonne femme!», dites-vous sur un ton moqueur. Oui, c'est vrai, Carlotta est une bonne femme qui me veut du bien. Elle ne me déplaît pas. Pourtant, je crains qu'elle ne s'incruste. Je ne voudrais pas me retrouver dans la même situation qu'au lendemain de la nuit du paravent. Vous me suivez, n'est-ce pas?

Carlotta, même si elle est très différente de vous, a des manières aussi désordonnées que les vôtres. Elle pige dans ma garde-robe, enfile mon paréo en sortant de la douche, laisse traîner ses vêtements un peu partout. Mes affaires disparaissent sous les siennes, sa serviette de toilette gît en tas sur l'album de dessins que le vieux Fichot m'a dédicacé, sa brosse à dents, son séchoir à cheveux, ses flacons de crème solaire – Carlotta soigne son teint d'Anglaise – occupent tout l'espace disponible sur l'unique étagère de la salle de bain. Et, en me rasant tout à l'heure, je me suis blessé avec une lame ébréchée, car, sans se donner la peine de m'en prévenir, elle m'avait emprunté mon rasoir. Ma chambrette et moi lui appartenons déjà. Petit à petit, Carlotta fait son nid, et je n'ose l'en déloger.

Je reviens du port où j'étais allé acheter du poisson.

Je l'ai mis à mariner avec des oignons et du citron vert. Carlotta raffole du *cebiche.*

Vous souvenez-vous du premier repas que nous avons pris ensemble, lors de cette fameuse nuit du paravent à laquelle j'ai fait allusion tout à l'heure? J'avais composé un menu plus ou moins thaïlandais qui me semblait de nature à s'harmoniser avec vos yeux noirs et vos cheveux raides – et avec ce paravent d'Orient que vous aviez promis de m'apporter. Car, en ce temps-là, vous gagniez encore votre vie et rivalisiez d'amabilité envers le client que j'étais. Vous me faisiez l'article et, moi, je profitais de l'aubaine.

J'étais entré par hasard dans ce bric-à-brac où s'entassaient toutes sortes de chinoiseries bon marché. Je venais d'abattre un mur dans mon appartement et, l'effet n'étant pas aussi réussi que je l'avais escompté, je pensais qu'un écran camouflerait mon erreur.

Je regardais autour de moi. Il n'y avait qu'un seul paravent, dont la peinture s'écaillait en plusieurs endroits; un dragon déployait ses ailes d'or sur le panneau central; les couleurs étaient criardes et le dessin grossier. Je cherchais quelque chose de sobre et d'élégant. Rien ne me plaisait dans ce bazar et j'allais ressortir quand, contournant le paravent, je vous ai aperçus.

M'aviez-vous vu entrer dans la boutique? Aviez-vous eu le temps de composer ce tableau vivant que vous formiez, ou s'agissait-il d'une création spontanée? J'opterais plutôt pour la première hypothèse, mais je peux me tromper; je n'ai jamais osé vous poser la question.

Vous étiez assis, affalés plutôt, sur une causeuse de rotin blanc. Vous étiez habillés de noir avec, ici et là, des taches de couleur rouge et bleue. Vous aviez retiré vos chaussures qui traînaient sous la causeuse. Devant vous, il y avait une petite table dont une moitié était peinte en blanc et l'autre en vert – une sorte de desserte sur laquelle étaient disposés un vase vide et un compotier en verre, vide lui aussi. On aurait dit une nature morte, encore inachevée. Immobiles comme des mannequins, vous gardiez la pose pendant que je tournais autour de vous. Je me suis immobilisé à mon tour. J'étais intrigué, déjà fasciné. Mon regard se promenait sur vous; il allait de l'un à l'autre, s'arrêtant sur une jambe gainée de noir ou sur une faveur écarlate, nouée autour d'un cou. Vous n'avez pas cillé. Mais vos sens étaient en alerte et cette tension retenue conférait au tableau une sorte d'aura qui l'illuminait de l'intérieur – une vie en suspens. Moi, je continuais de vous observer, tel un voyeur qui n'ose s'en aller, de peur d'être repéré.

Puis, la nature morte s'est animée. Emergeant de l'arrière-boutique, le gérant s'est avancé vers moi en m'adressant un sourire courtois. «Qu'est-ce que vous foutez là, tous les deux? Pensez-vous que je vous paie à rien faire? Vous ne voyez pas que Monsieur a besoin d'aide!» a-t-il aboyé à votre intention. De mauvaise grâce, vous avez obtempéré à ses ordres; vous avez enfilé vos chaussures et, émergeant de la causeuse en étouffant un bâillement, vous vous êtes approchés de moi et m'avez souri. Satisfait, le gérant s'est éloigné.

Vous tentiez de me vendre le «jardin d'hiver» – ce décor de verre et de rotin où, l'instant auparavant, vous figuriez comme des statues. Le gérant me ferait un prix et j'obtiendrais le tout – la table, la causeuse et les accessoires – pour une bouchée de pain; le «jardin d'hiver» incluait même le paravent. Les meubles étaient en osier, je l'avais remarqué, mais je feignais de croire qu'il s'agissait de rotin de bonne qualité. Je m'efforçais de paraître tenté.

Le gérant est revenu à la charge. Il s'est mis à débattre des prix; il consultait des catalogues, tripotait sa calculatrice, m'offrait toutes sortes de rabais. Heureusement, un autre client a fait son appatition dans la boutique et le gérant s'est éloigné de nouveau. «En son absence, l'affaire pourrait se régler encore plus avantageusement», m'a glissé l'un de vous à l'oreille. «Revenez demain, le gérant ne vient pas le jeudi», a renchéri l'autre. C'est alors que j'ai proféré une énormité dont j'étais loin, à ce moment-là, d'imaginer les conséquences. À ma propre stupéfaction, je me suis entendu dire que j'achèterais le «jardin d'hiver» au complet, à la condition que le couple de mannequins fasse partie du lot. Vous n'avez pas répondu. J'étais ridicule, je le savais. Pourtant, j'ai renouvelé ma proposition une seconde fois. Vous n'avez pas ri, pas même souri. Vos lèvres n'ont pas bougé, mais vos yeux sont devenus flous. Dans un battement de cils, vous avez acquiescé.

J'ai été pris de panique. J'étais embourbé; j'essayais de faire marche arrière, car, au fond, je n'en espérais pas tant. Vous l'ai-je jamais avoué?

J'ai tenté de me dégager de ce mauvais pas en prétendant que mon appartement était petit, encombré, et que seul le paravent m'intéressait vraiment, bien que celui-là ne me plût pas beaucoup. Je parlais à voix basse, de peur de vous vexer. J'avais deviné que vous étiez susceptibles. Ne protestez pas: laissez-moi plutôt continuer d'évoquer le souvenir de mon choc amoureux – un double choc qui m'a laissé complètement sonné.

J'hésitais encore. Alors, vous m'avez fait votre numéro de charme. Vous m'avez montré tous les trésors que contenait la boutique. Vous voltigiez d'un objet à l'autre comme des créatures enchantées. J'étais ébloui par la grâce avec laquelle vous évoluiez parmi les contrefaçons qui vous entouraient. À la fin, vous êtes revenus à votre point de départ.

«Ce paravent est très ancien, il est fait de laque véritable», m'assuriez-vous, et moi, emporté par la marée noire qui déferlait de vos yeux, je faisais semblant de vous croire. N'est-ce pas ce que j'ai continué de faire par la suite?

Mais je ne voulais pas de cette horreur chez moi. Je discutais de couleurs et de dimensions, je me contredisais, je tergiversais. Je n'avais pas envie de m'en aller et j'essayais de gagner du temps. Au bout d'un moment, l'un de vous – lequel était-ce? j'ai oublié, car, dès que l'un parlait, l'autre lui coupait la parole – m'a fait une proposition: avais-je un moment de libre le lendemain soir? Si oui, il viendrait chez moi avec le paravent et, ensemble, nous jugerions de l'effet. C'était la solution la plus pratique et, de plus, elle ne m'engageait à rien. L'autre s'est interposé en déclarant que son diplôme en décoration intérieure lui conférait une indéniable supériorité en la matière. Cela a donné lieu à une brève dispute d'où il est ressorti que ce diplôme était une pure invention.

J'ai accepté. Ma soirée du lendemain était libre et je vous attendrais. Je n'étais pas parti que, déjà, j'avais hâte de vous revoir. Je n'étais pas dupe, bien sûr: j'avais compris que le paravent ne vous intéressait pas, mais que, moi, je ne vous laissais pas indifférents. J'étais content. En partant, j'ai salué le gérant; je lui ai dit que je repasserais le lendemain; vous m'avez fait un clin d'œil auquel j'ai répondu en répétant à deux reprises un sonore «À demain!». J'ai pensé ensuite que j'ignorais auquel de vous deux s'adressait ma promesse. Au terme de la dispute, personne ne semblait l'avoir emporté. Ou peut-être cela m'avait-il échappé? Tant pis! Nous jouerions à la marchande – ou au marchand – et, dans tous les cas, ce serait moi qui interpréterais le rôle du client. Vous aviez plus d'un tour de passe-passe dans votre sac, je n'en doutais pas. J'en venais même à croire que, par quelque habileté de prestidigitateur, l'un pouvait à volonté se métamorphoser en l'autre. Manifestement, j'étais prêt à tout.

Je vous désirais et vous aimais déjà autant l'un que l'autre. Vous l'aviez deviné, n'est-ce pas?

En rentrant chez moi, je conduisais ma voiture avec une prudence exagérée. Il pleuvait. L'asphalte était mouillé. J'avais peur de mourir avant de vous avoir revus.

Ensuite, j'ai perdu la tête. Je n'ai pas dormi de la nuit. Le lendemain, j'ai pris un jour de congé et j'ai cuisiné toute la journée. La chatte Aurore était très excitée. Au moment de dresser la table, j'ai hésité. Ne valait-il pas mieux donner à mon festin thaïlandais l'allure d'une petite collation improvisée? Après tout, je n'avais invité personne à dîner. Je n'attendais qu'un paravent, rien de plus.

Il était huit heures. La pluie n'avait pas cessé de tomber depuis la veille. Il y avait de l'orage dans l'air. «Pourvu qu'il n'y ait pas de panne de courant!» me disais-je. Je n'avais pas encore mis mon canard au four. La boutique fermait-elle à six heures ou à neuf heures? Vous aviez promis de venir tout de suite après la fermeture. Il fallait que je téléphone, sinon je deviendrais fou.

À la neuvième sonnerie, j'ai raccroché. La boutique était fermée. Le ou la spécialiste en décoration intérieure avait du retard. Et si il ou elle ne venait pas? Il faisait si mauvais dehors. De temps à autre, le tonnerre grondait. La chatte Aurore faisait le gros dos. Pour tromper mon attente, j'ai commencé à mettre le couvert. J'hésitais encore. Où allions-nous manger? Dans la cuisine? Ce serait trop familier. Dans la salle à manger? Trop solennel. En fin de compte, j'ai installé une table basse et des coussins à l'endroit où j'avais abattu le mur. J'étais content. Avec trois fois rien, j'avais réussi à créer un décor à l'orientale qui avait un air de fête. Si une panne survenait, nous dînerions à la chandelle. Tout était prêt, il ne manquait plus que le paravent.

À dix heures, j'étais convaincu que personne ne viendrait. Je commençais même à douter de moi. Ce jardin d'hiver n'avait-il été qu'un rêve? Étais-je tombé amoureux d'un couple de mannequins de vitrine? J'avais faim. Je rôdais dans la cuisine. Le canard laqué était desséché, les crabes aussi. Il manquait une pince à l'un d'eux. Grimpée sur une armoire, la chatte Aurore se léchait les babines en évitant mon regard. Chaque fois que j'essayais d'avaler une bouchée, elle me restait en travers de la gorge. J'étais inquiet. Vous ne pouvez pas vous imaginer dans quel état j'étais. Ou plutôt si, vous le pouvez, vous m'avez vu souvent par la suite dans cet état-là. J'étais tendu, fiévreux, angoissé. Je commençais à vivre sur la corde raide.

Je pensais à un accident. Il pleuvait à torrent. Celui ou celle que j'attendais était blessé, à moins qu'il ou elle n'eût été retenu par l'autre à qui il était arrivé un malheur au cours de la nuit précédente. La veille, j'avais quitté la boutique à quatre heures de l'après-midi. Il était dix heures passées. En plus de trente heures, tout avait pu arriver. Qui sait, vous aviez peut-être été victimes d'une attaque à main armée? Le quartier où était située la boutique n'était pas très sûr.

La pluie faisait rage. Je vous imaginais mourant ensemble, frappés par la foudre au même moment. Enfin, j'ai entendu le bruit d'un moteur. Un taxi était arrêté sous un lampadaire, devant la porte de la maison. Le chauffeur semblait irrité, il faisait de grands gestes de la main. Il y avait deux personnes sur la banquette arrière. J'étais déçu: ça n'était pas pour moi. Il était minuit passé. La chatte Aurore m'attendait sur le lit. J'irais dormir, cela vaudrait mieux.

Quelques secondes plus tard, j'ouvrais la porte, je payais le taxi et je vous tendais des serviettes. Vous étiez trempés de la tête aux pieds. Vos cheveux dégouttaient, ils paraissaient encore plus raides que dans mon souvenir. Vous n'aviez ni imperméable ni parapluie.

Assis en tailleur devant la table basse, vous vous faisiez face. Moi, j'apportais les plats. Vous n'aviez pas très faim. Ça n'était pas mauvais pourtant, j'avais réussi à rattraper la sauce. Je ne savais pas où m'installer. La table était trop petite pour trois convives. Quant au paravent, nul n'en soufflait mot. J'ai fini par poser la question: vous l'aviez oublié dans le taxi!

La chatte Aurore avait peur de vous. Elle avait disparu tout de suite après votre arrivée. Je la cherchais partout. C'est l'un de vous qui l'a trouvée. Elle était juchée sur une étagère et elle faisait le gros dos. Pourtant, l'orage était terminé depuis longtemps.

La suite, vous la connaissez aussi bien que moi. Mais, si c'était vous qui la racontiez, vous n'en donneriez pas la même version que moi. J'imagine que vous ne trouveriez pas grand-chose à en dire. Ainsi, de l'épisode qui précède, vous n'auriez pas tiré vingt lignes. «À cette époque-là, on travaillait dans une boutique. C'était chiant. Un jour, un client est venu. À sa façon de nous regarder, on a compris qu'on lui plaisait. On s'est invités chez lui parce qu'il était trop timide pour le faire lui-même. Il a accepté. On est arrivés en retard, le client était gentil, il avait une belle gueule, il baisait bien et il savait faire la cuisine. Alors on est restés. L'appartement était assez grand, il y avait des coussins partout. Malheureusement, le client avait une vieille chatte qui ne le lâchait pas d'une semelle. Mais, à part ça, c'était correct.» J'exagère? À peine...

Nous avons passé la nuit ensemble. Je n'avais pas pensé que les choses évolueraient aussi rapidement. Je n'étais pas pressé, mais, vous, vous l'étiez. Vous aviez vos raisons, j'imagine.

Je ne vous ai pas invités à dormir chez moi. Vous êtes restés, la chose allait de soi. L'un de vous s'est endormi sur un tas de coussins, roulé en boule comme un chat. L'autre bâillait en buvant une tasse de thé. J'ai apporté des couvertures, puis je vous ai dit bonsoir. Naturellement, la chatte Aurore m'a suivi. En ce temps-là, elle dormait toujours avec moi.

Au bout d'un moment, une main a soulevé le drap et un corps s'est coulé contre le mien. Je ne dormais pas encore, je somnolais. Des bras m'ont enlacé, une bouche s'est écrasée sur la mienne. Je caressais ce corps qui ondulait. Il était très léger. Je le tenais par les hanches qui saillaient comme celles d'un garçon. Quand je l'ai basculé sous moi, la chatte Aurore a crié. Je l'avais oubliée. Elle s'est enfuie. J'ai pris un sein dans ma main. Le corps se soulevait. Ma langue fouillait dans les creux et les replis. Le corps ruisselait. J'avais chaud, j'étais trempé. Des ongles me labouraient la peau du dos. J'ai plongé entre les cuisses ouvertes. Mon sexe baignait dans une mer tiède. Le corps s'arquait. En dormant, je le baisais encore.

Deux heures plus tard, la chatte Aurore me léchait le visage. Je l'ai chassée. Une jambe était coincée sous la mienne. J'avais sommeil. Du pied, je caressais la jambe. La peau était douce, un peu velue. J'ai continué. Mon pied montait et descendait le long de la cuisse. Le poil était abondant. Quand il a heurté le sexe, mon genou s'est immobilisé. Je me suis couché sur le ventre. En ronchonnant, la chatte Aurore est descendue du lit. J'ai enfoui ma tête dans l'oreiller. J'avais les yeux fermés. Une main se glissait entre mes cuisses. L'autre main s'emparait de mon sexe. Je gémissais. Je me tournais, me retournais dans tous les sens. J'avais l'impression que mon corps se multipliait. J'avais deux sexes, deux bouches, quatre jambes, vingt doigts. J'étais hors de moi.

Un peu plus tard, je me suis levé. J'avais soif. En me rendant à la cuisine, j'ai jeté un coup d'œil dans le salon. L'autre dormait, roulé en boule sur le tas de coussins.

À l'aube, j'ai ouvert les yeux. Quelqu'un se glissait sous le drap. J'ai continué à dormir sans chercher à savoir de qui il s'agissait. Vos tours de passe-passe ne m'étonnaient plus, j'en avais déjà l'habitude. Le lendemain matin, nous étions trois dans le lit. J'étais couché au milieu. Enserré entre vos deux corps, j'étais heureux.

Vous étiez très affectueux. Souvent, vous m'enlaciez en m'étranglant un peu. Tous vos gestes se ressemblaient. Ainsi, par exemple, vous jouissiez en m'observant du coin de l'œil. Vous vérifiiez vos effets. Mais, cette nuit-là, je ne l'avais pas encore remarqué.

Je me suis levé plus tard que d'habitude. Je vous regardais dormir. En me souvenant du paravent, j'ai pensé que vous risquiez d'avoir des ennuis. En plus, vous seriez probablement en retard vous aussi. Le gérant de la boutique serait mécontent. Je vous ai secoués doucement. Vous avez soupiré. Vous avez entrouvert les yeux; à cette heure, ils étaient encore plus flous que d'habitude. Vous les avez refermés. Je n'ai pas insisté.

La chatte Aurore m'attendait dans la cuisine. Elle boudait. Je l'ai flattée, chatouillée derrière les oreilles. Elle n'a pas réagi. Je l'ai nourrie. Elle a mangé très vite.

Curieusement, je ne me sentais pas fatigué. J'avais passé une nuit magique. J'ai pensé à vous laisser un mot, mais je ne l'ai pas fait. Je me doutais que je vous trouverais là à mon retour.

Vous m'attendiez. La chatte Aurore miaulait au fond d'une armoire où elle s'était elle-même enfermée. Pendant mon absence, vous aviez emménagé chez moi. Tous vos effets personnels étaient éparpillés par terre, mais vous en aviez très peu. Je n'ai jamais su où vous étiez allés les chercher. Plus tard, vous m'avez dit que quelqu'un était venu les porter. Vous ne m'avez pas dit qui c'était.

Le jour suivant, vous vous êtes levés de bonne heure. En maugréant, vous avez pris le chemin de la boutique. Le gérant vous a mis à la porte. Vous avez cherché un autre travail, mais vous n'en avez pas trouvé. Vous disiez que personne ne voulait de vous. Peu à peu, vous avez cessé de chercher. Pendant quelques mois, j'ai continué à enseigner. Le matin, je partais sans faire de bruit. Souvent, quand je rentrais à la fin de l'après-midi, vous gisiez sur vos coussins. Vous passiez vos journées dans l'appartement. Moi, je passais mon temps à m'inquiéter de ce que vous faisiez en mon absence. J'avais peur que vous ne vous ennuyiez. Finalement, j'ai cessé de m'en faire avec ce genre de choses.

La nuit est tombée depuis longtemps. Carlotta n'est pas encore rentrée. J'espère que le Charles Darwin n'a pas fait naufrage.

Je vais descendre sur la terrasse du Las Rocas. Le héron Lolo n'a rien voulu manger de la journée. Il s'ennuie de Raúl. Peut-être a-t-il besoin de parler un peu?

La journée s'annonçait belle. Il ventait à peine et seules les feuilles des trembles remuaient un peu. De temps à autre, retentissait un coup de feu qui faisait s'envoler les oiseaux; les oreilles de la chatte Aurore frémissaient à chaque détonation, mais elle demeurait postée derrière la fenêtre d'où elle regardait le jour se lever sur la rivière. Un grand héron était perché sur la barque qui se balançait au bout du quai.

La maison de Bernadette, un cottage de style normand, s'élevait au sommet d'un talus surplombant la rivière des Mille-Îles. Repeinte de frais, elle avait l'air pimpant d'une maisonnette de dessin d'enfant. Vue de l'extérieur, elle respirait l'ordre et la propreté. Seul un vélo de couleur vert tilleul traînait dans l'herbe au bas du talus; le vélo n'était pas appuyé sur sa béquille, mais avait de toute évidence été jeté par terre par son propriétaire; la lettre *A* était inscrite sur la sacoche accrochée au guidon. Curieusement, le vélo de *M* ne se trouvait nulle part dans les parages.

Le terrain, assez vaste pour une habitation de banlieue, était très boisé; les trembles avaient poussé en toute liberté et les branches des arbres les plus élevés frôlaient dangereusement le toit de la maison; un superbe magnolia était planté à proximité de la porte-fenêtre qui ouvrait sur la terrasse; il faisait visiblement l'objet de soins attentifs de la part de Bernadette qui avait enchaussé son pied;

sa floraison était terminée depuis longtemps, mais des cosmos fleurissaient encore le long des marches qui menaient à la rivière. Un potager bien entretenu était aménagé à quelque distance de la maison. Les plants de tomates ne donnaient plus, mais les courges, les betteraves et les poireaux étaient à point; une caisse pleine de ces légumes reposait dans un coin ombragé de la terrasse.

À l'intérieur de la maison, tout était silencieux. Le rez-de-chaussée était désert; à l'étage, Bernadette et ses pensionnaires dormaient encore. Seule la chatte Aurore, dont le museau s'écrasait contre la moustiquaire de la porte, était éveillée. Mais ses yeux se fermaient d'eux-mêmes et, à tout instant, sa gueule s'ouvrait sous l'effet d'un bâillement. Peut-être retournerait-elle se coucher dans la chambre de Bernadette?

Bernadette commençait à avoir faim. En se levant tout à l'heure, elle avait avalé une tasse de café noir et grignoté deux ou trois biscottes sans beurre ni confiture. Depuis quelque temps, elle surveillait sa ligne. Non qu'elle fût obèse ni même réellement grasse, mais elle avait les bras potelés, les jambes un peu trop fortes, la poitrine indéniablement plantureuse, et le reste à l'avenant; les gens polis disaient qu'elle était rondelette. Après le départ de Benoît, elle avait pris une dizaine de kilos et, depuis, elle n'arrivait pas à les perdre; ces kilos supplémentaires n'avaient bien sûr pas arrangé les choses.

Ils prétendaient qu'elle avait de beaux seins et des hanches bien galbées. «Une vraie Madonna!» affirmaient-ils sans sourire. Elle les laissait dire, mais n'en croyait rien. Jamais personne ne l'avait complimentée de la sorte!

D'habitude, on vantait l'éclat de ses yeux noisette, la forme spirituelle de son nez, l'ourlet bien dessiné de ses lèvres, la générosité de son sourire; on célébrait l'abondance de sa chevelure acajou qui encadrait un visage dont l'ovale était, disait-on, parfait, mais on s'aventurait rarement plus bas que les épaules. Même Benoît, qui, à l'approche de la quarantaine, commençait à son tour à faire un peu de ventre, s'en tenait habituellement là. Rien d'étonnant à ce qu'il eût fini par s'amouracher d'une frêle jeune femme qui, à vingt-sept ans, en paraissait vingt et ne devait certainement pas peser plus de cinquante kilos! La rumeur disait qu'il avait maigri, qu'il faisait du sport et que, cédant aux objurgations de sa nouvelle compagne, il avait consenti à remplacer ses lunettes par des verres de contact et à s'affubler de chemises à rayures et de bretelles de *yuppie*.

Ils l'incitaient à porter des soutiens-gorge pigeonnants et à s'acheter des robes décolletées en V. À sa stupéfaction, elle les écoutait et passait des journées entières à courir les magasins. Hier encore, elle avait acheté une mini-robe dont le corsage échancré découvrait presque entièrement les seins. Avant, elle n'aurait jamais osé. Pendant toute son adolescence, elle s'était acharnée à dissimuler sa poitrine sous d'amples chemises d'homme et d'informes chandails de laine qu'elle choisissait exprès une taille au-dessus; elle avait la conviction qu'aucune mode ne lui conviendrait jamais. À cette époque-là, la plupart des filles se gavaient de yaourts et de pamplemousses dans l'espoir de ressembler à ces évanescentes créatures de papier glacé qui hantaient les pages des magasines féminins. Mais, depuis qu'ils avaient fait irruption dans sa vie, Bernadette avait mis les bouchées doubles et renouvelé presque entièrement sa garde-robe.

Ils la flattaient, mais elle doutait qu'ils fussent sincères.

Ils s'extasiaient devant son bel appétit, faisaient mine de le lui envier, lui déconseillaient les régimes. Pourtant, ils se gardaient bien de l'imiter. Ils mangeaient comme des oiseaux! Ils avaient la détestable habitude de ne jamais terminer leur assiette et de refiler leurs restes à la chatte Aurore.

De toute évidence, ils en rajoutaient! L'autre jour, par exemple, ils avaient déclaré qu'elle était la Vénus callipyge en personne. Où étaient-ils allés chercher ça! Venant de leur part, la comparaison était assez inattendue, car, de manière générale, ils étaient d'une ignorance consternante. Ils plaisantaient à ses dépens, c'était évident. D'ailleurs, elle avait plus d'une fois surpris un sourire en coin ou un clin d'œil qui en disait long. Depuis, elle était obsédée par ses kilos en trop.

Jusqu'à neuf heures, Bernadette avait lu les journaux, fait les mots croisés et pris une douche en s'efforçant de faire le moins de bruit possible. Ils avaient le sommeil lourd, mais il valait mieux ne pas prendre de risques inutiles: quand ils n'avaient pas assez dormi, ils se mettaient en colère pour un rien.

Ensuite, elle avait nourri les chattes, nettoyé les litières, arrosé les plantes, lavé les carreaux de la porte-fenêtre de la véranda, allongé de deux centimètres l'ourlet de sa robe neuve, remplacé le joint d'étanchéité du robinet de la salle de bain et mis en train la soupe aux légumes, le bœuf bourguignon et le poulet chasseur qui, s'ils mangeaient à la maison, leur feraient au moins la semaine. Ensuite, ils se débrouilleraient tout seuls! Après tout, ils n'étaient pas manchots!

Le lendemain, Bernadette prenait l'avion pour Vancouver; elle serait absente pendant une quinzaine de jours. Depuis qu'ils vivaient avec elle, elle n'aimait pas s'éloigner de la maison, mais son travail la contraignait régulièrement à le faire. Il était difficile de tout prévoir à l'avance; cette fois, au moins, elle partirait avec l'assurance qu'ils ne mourraient pas de faim en son absence.

Vers onze heures, Bernadette était allée faire une promenade en barque. Le mois d'octobre s'achevait et la rivière, qui était haute, paraissait un peu moins sale qu'en été, en dépit des protège-slip et des capotes anglaises qui flottaient sur l'eau. L'air sentait le feu de bois et les feuilles mortes. Le ciel était très bleu. Et, chose exceptionnelle depuis le début de cet automne frisquet, il ne ventait presque pas.

Mais, s'ils continuaient à dormir comme ça, ils ne verraient rien de cette belle journée. Il était déjà plus de midi.

En rentrant de sa promenade, Bernadette avait retiré ses bottes terreuses et elle les avait nettoyées avec un chiffon, avant de les ranger soigneusement dans le placard de l'entrée. Depuis qu'ils étaient là, la maison était toujours sens dessus dessous. Ils s'appropriaient ses affaires et les mélangeaient avec les leurs. Elle avait du mal à supporter ce laisser-aller, mais elle le tolérait en se disant qu'il s'expliquait dans une certaine mesure par le peu qu'elle savait de leurs expériences antérieures. D'après ce qu'ils lui avaient raconté, ils n'avaient jamais rien possédé qui leur appartînt réellement. Depuis leur arrivée à Montréal, ils avaient toujours vécu chez les autres. Dans ces conditions, comment auraient-ils appris à respecter le bien d'autrui?

Bernadette avait de plus en plus faim. L'odeur appétissante des légumes et de la viande bouillis se répandait dans toute la maison. Se hâtant vers la cuisine, elle jeta un coup d'œil dans le four, souleva le couvercle d'un chaudron, ajouta une pincée de thym dans un autre et se consacra à la préparation de son *smörrebröd*. Le dimanche, elle déjeunait souvent à la danoise, mais, depuis leur arrivée, elle avait renoncé à cette habitude, car ils n'avaient jamais faim en se levant. Peut-être se laisseraient-ils séduire par la joliesse de ces bouchées préparées avec amour?

Sur des tranches de pain de seigle à peine beurrées, elle disposa des filets de hareng, des œufs de morue fumés, des pruneaux dénoyautés et de fines rondelles de tomates et d'oranges. Elle refit un peu de café et pressa quelques citrons. Puis, elle mit les canapés sur un plateau, la citronnade dans une carafe et emporta le tout sur la terrasse. Par ce temps de grand soleil, ils accepteraient peut-être de sortir sans faire d'histoires. D'habitude, au premier coup de vent, ils se barricadaient à l'intérieur de la maison et refusaient d'en ressortir jusqu'au lendemain.

Chemin faisant, elle passa devant la porte entrouverte de la chambre. Couchés en chien de fusil, ils dormaient encore. Les chattes dormaient elles aussi, l'une sur le lit et l'autre sur un oreiller qui avait roulé par terre. Comme ils avaient le sommeil lourd! Pendant toute la matinée, elle n'avait pas cessé de s'agiter, mais ils n'avaient pas bronché.

À leur âge, elle aussi avait eu cette habitude de traîner au lit jusqu'à midi. Puis, elle était entrée sur le marché du travail et elle s'était métamorphosée en une employée modèle qui, sauf circonstance exceptionnelle, se lève et se couche à des heures raisonnables. Après le départ de Benoît, elle avait souffert d'insomnie. De nature dormeuse, elle s'était vite rétablie. Depuis quelque temps cependant, elle ne dormait pas toujours très bien.

Ils agissaient comme des terroristes, forçant son sommeil et colonisant ses nuits. De jour en jour, son espace vital s'amenuisait. Ils monopolisaient les couvertures et ils avaient la mauvaise habitude de rouler sur elle au cours de la nuit, l'écrasant de leur double poids. Et, en plus, il y avait les chattes qui avaient coutume de passer une partie de la nuit, couchées sur son ventre. Les yeux grands ouverts, Bernadette osait à peine bouger de peur de réveiller quelqu'un; elle cherchait le sommeil en pensant que, dans cet étonnant ménage à cinq qu'ils formaient, il y avait de moins en moins de place pour elle.

Un miaulement autoritaire tira Bernadette de sa rêverie. Mascara avait faim. Elle avait l'œil sur les canapés danois. Plus timide, la chatte Aurore dressait des oreilles intéressées, mais elle se tenait coite. Bernadette continua son chemin et sortit sur la terrasse en prenant soin de bien refermer la porte derrière elle.

Depuis quinze jours, la saison de la chasse battait son plein. D'ailleurs, c'étaient des coups de feu qui, ce matin, l'avaient éveillée de si bonne heure. Les chasseurs n'avaient pas plus de cervelle que les oiseaux sur lesquels ils tiraient et ils détestaient rentrer bredouille. Aussi évitait-elle de laisser sortir les chattes. C'était plus prudent. Sinon, l'une ou l'autre écoperait un jour d'une balle perdue ou servirait de cible à quelque tireur frustré. De l'avis de la plupart des riverains, la chasse à l'outarde était un scandale qui, malgré les pétitions envoyées au maire et au député du comté, se répétait deux fois l'an.

Cette année, les outardes avaient un peu de retard. D'habitude, elles arrivaient vers la mi-octobre. Une immense clameur descendait du ciel qui, d'un coup, se couvrait de blanc. C'était magnifique! Bernadette était certaine qu'ils n'avaient encore jamais rien vu de pareil. Devant tant de beauté, ils ne pourraient pas ne pas réagir.

En attendant les outardes, les chasseurs se rabattaient sur les canards et même sur les hirondelles. De fait, ils tiraient à peu près sur tout ce qui passait à portée de leurs carabines. Bernadette avait remarqué que le grand héron solitaire, qui avait l'habitude de se poster au bout du quai à l'heure du crépuscule, n'avait pas reparu depuis l'ouverture de la chasse. Elle était inquiète. À la tombée du jour, elle reprendrait la barque et emporterait ses jumelles. S'il vivait encore, le héron devait certainement se cacher quelque part, sur la grande île qui faisait face à la maison, ou derrière l'un des piliers du pont de chemin de fer.

Toute à ses pensées, Bernadette pigeait sans s'en apercevoir dans le plateau de canapés. À son troisième, elle se ressaisit et jeta un coup d'œil à sa montre: il était presque midi et demie. Leur indolence frisait l'insolence! Le déjeuner serait gâché. La veille, elle avait élaboré le menu de son *smörrebröd* en leur présence. La perspective de ce déjeuner en plein air avait semblé les enthousiasmer. À les entendre, ils ne se tenaient pas d'impatience. Un peu plus, et son brunch danois se transformait en un médianoche impromptu. Cette fois encore, ils l'avaient bien eue!

Bernadette s'étira en bâillant. Le soleil était bon, il engourdissait ses membres. Si elle ne se secouait pas un peu, elle finirait par s'endormir. Or, elle n'avait pas que ça à faire, surtout aujourd'hui.

Dans un instant, elle se lèverait de sa chaise longue et elle irait les tirer du lit. Ensuite, elle récupérerait son porte-documents qui devait traîner quelque part dans la chambre; elle n'avait pas encore terminé la lecture de son volumineux dossier sur les Rocheuses. Si elle ne le faisait pas maintenant, elle perdrait là-bas un temps précieux. Ces voyages que l'Agence lui imposait n'étaient pas une sinécure! En quinze jours, elle aurait à visiter à peu près tous les établissements hôteliers de la région; il lui faudrait inspecter les chambres et s'assurer de leur confort, essayer les restaurants et les *coffee shops* et apprécier la qualité de la nourriture et du service, juger de l'ambiance des bars, rencontrer les directeurs des hôtels et débattre des prix, consulter des horaires, bâtir des itinéraires, contacter les représentants des compagnies aériennes. Bref! elle se ferait mourir à la tâche une fois de plus pour le seul bénéfice de ses patrons qui refusaient de lui accorder les trois semaines de vacances supplémentaires auxquelles elle estimait qu'elle avait droit. Jusqu'à maintenant, elle avait dû se contenter d'un week-end prolongé par-ci, d'une quinzaine de jours par-là, à des dates qui en général ne lui convenaient pas. Car – et c'était là l'un des nombreux paradoxes du métier – il semblait qu'il n'y eût rien de tel que de passer sa vie à organiser les vacances des autres pour être assuré de n'en presque jamais prendre soi-même.

Mais, en regardant les feuilles d'automne tomber dans la rivière, Bernadette se disait que, malgré la fatigue, le stress et la parcimonie de ses patrons, elle n'avait pas à se plaindre. Grâce à son travail, elle voyait du pays. Somme toute, elle aimait bien son boulot, même si elle le négligeait un peu depuis qu'ils avaient surgi dans le paysage.

Jetant un nouveau coup d'œil à sa montre, Bernadette constata que cela faisait maintenant une heure et demie qu'elle était étendue sur sa chaise longue, alors que sa valise n'était pas encore faite et que son dossier dormait toujours dans son porte-documents. De sa vie, elle n'avait été aussi inactive! S'ils n'étaient pas encore parvenus à lui imposer le rythme de vie déréglé qui était le leur, du moins avaient-ils réussi à perturber sérieusement le sien.

En les hébergeant chez elle, n'avait-elle pas carrément perdu la tête? Chose certaine, elle avait quelquefois du mal à reconnaître la femme active, énergique et équilibrée qu'elle avait toujours été. Elle était obnubilée par eux. Qu'avaient-ils donc de si particulier? Et pourquoi les laissait-elle vivre ainsi à ses crochets? Elle avait trente-huit ans et ils en avaient dix-huit. Déjà, en soi, la différence d'âge avait quelque chose de choquant; jusqu'à maintenant, elle n'avait pas osé les présenter à aucun de ses amis. Et, en plus, c'était de Marianne qu'elle s'était entichée en premier.

La rencontre avait eu lieu pendant la grève des transports en commun. Il était plus de minuit et il tombait des cordes. Bernadette avait aperçu une jeune fille qui faisait du stop à un carrefour et elle l'avait fait monter dans sa voiture. À première vue, la petite n'avait pas l'air d'avoir beaucoup plus que quinze ou seize ans et, à ce qu'elle disait, n'avait nulle part où aller. Bernadette ne l'avait pas crue, mais elle n'en avait pas moins commis l'imprudence de lui laisser sa carte d'affaires. La petite était ruisselante. Elle avait des jambes de danseuse, portait un jean *destroy* et une camisole déchirée et, pendant tout le trajet, elle l'avait dévisagée de ses yeux noirs et impudents que dissimulaient de longs cils battants. Aussitôt montée, elle avait pris possession de la voiture. Elle avait retiré la cassette qui jouait une ballade de Brahms, mis la radio à la place, séché ses cheveux avec la couverture de laine qui traînait sur le siège arrière; elle avait même retiré sa camisole et emprunté à Bernadette la veste de son tailleur. Bernadette avait pensé que cette petite effrontée jouait de son charme avec un art consommé.

Deux mois plus tard, Bernadette, encore sous le choc de sa rupture avec Benoît, ruminait son malheur en savourant une brioche fourrée à la pâte d'amandes. C'était la fin de l'été et le ciel était plein d'étoiles filantes. Tard dans la nuit, la petite avait frappé à sa porte et, prétextant quelque babiole oubliée dans la voiture, s'était effondrée sur le divan en racontant une rocambolesque histoire de panne de vélo et de mauvais samaritain qui, après l'avoir prise à bord de sa camionnette, s'était conduit comme un salaud, avait fait une fausse manœuvre et embouti l'arrière de la voiture qui le précédait; profitant de l'accident, la victime avait pris ses jambes de danseuse à son cou et faussé compagnie au conducteur; le vélo avait été perdu dans l'aventure qui s'était terminée en taxi.

À la fin de son récit, la petite avait demandé où était la salle de bain et, au bout d'une heure, elle en était ressortie, nue comme une baigneuse. Elle était venue se sécher en se frottant contre elle à la manière des chats. Interdite, Bernadette n'avait osé la repousser. Elle avait pensé à son ex-conjoint. Puis, petit à petit, elle avait chassé le fantÔme de Benoît de son esprit et elle s'était abandonnée à ce désir incongru qui montait en elle. La petite avait des doigts de fée qui erraient au travers de son corps transfiguré, car, au cours de cette nuit radieuse, Bernadette avait eu le sentiment de se métamorphoser en étoile filante. Quant à la babiole (un bracelet en cuir) oubliée dans la voiture, il n'en avait plus jamais été question.

Au bout d'une semaine, la fée avait parlé d'un «cousin» qui était de passage à Montréal et habitait chez son «parrain». Hormis sa «cousine», le «cousin» Alexis ne connaissait personne à Montréal et, depuis que son «parrain» avait été forcé de s'absenter, il s'ennuyait ferme. En réalité, il semblait que le «parrain» eût disparu. Ce dernier détail avait produit l'effet dramatique escompté. C'était ainsi qu'Alexis était entré à son tour dans la vie de

Bernadette. Comme Marianne, il avait un corps de danseur et des mains de magicien.

Bernadette avait accompagné Marianne à l'appartement du «parrain». En quelques minutes, le déménagement d'Alexis avait été bouclé. Visiblement, les «neveux» avaient hâte d'en finir. Par égard pour le présumé disparu, Bernadette avait jugé qu'un brin de ménage s'imposait et elle avait passé une partie de la nuit à mettre de l'ordre dans le bordel qui régnait dans l'appartement. C'était ainsi qu'elle avait découvert l'existence de la chatte Aurore et décidé de l'emmener elle aussi. Le mystère de la disparition du soi-disant «parrain» demeurait entier; en parcourant les pièces de l'appartement, Bernadette n'avait rien appris de significatif sur son propriétaire. Elle avait cependant remarqué que, parmi les affaires du «cousin», se trouvaient nombre d'effets féminins qui, de toute évidence, appartenaient à la «cousine». Elle n'avait fait aucun commentaire à ce sujet.

À quinze ans, Bernadette était tombée amoureuse d'une fille de son âge, mais les choses n'étaient pas allées bien loin, et jusqu'à sa rencontre avec Marianne, elle n'avait pas eu d'autres expériences de ce genre. Quant à Alexis, il était venu de surcroît. C'était Marianne qui le lui avait imposé. Ils étaient deux! Bernadette avait encore du mal à le croire. Ça, c'était vraiment le bouquet! Si jamais Benoît l'apprenait, le pauvre! il en prendrait pour son rhume. Sa nymphette à lui n'allait-elle pas déjà sur ses vingt-huit ans? À côté de leur trio, Benoît et sa compagne anorexique formaient un couple d'une affligeante normalité.

Depuis un moment, Mascara grattait contre la moustiquaire. Bernadette ouvrit la porte. La chatte bondit et se mit à courir après les feuilles mortes qui virevoltaient sur la terrasse. Bienveillante, sa maîtresse s'alloua un ènième canapé et lui en fila un morceau.

❑

Le museau aplati contre la moustiquaire, la chatte Aurore regardait la pétulante Mascara se rouler dans les feuilles avec la vivacité d'un chaton qui vient de naître. Malgré un âge presque aussi avancé que le sien, cette idiote n'aimait rien tant que se donner en spectacle une ravissante idiote! il fallait le reconnaître, avec sa taille élancée, sa queue en panache et son pelage angora que la dame brossait tous les jours. En comparaison, la chatte Aurore, avec ses pattes naines, sa queue rachitique et sa fourrure miteuse, faisait bien piètre figure. Cette Mascara ne pouvait se retenir de faire des manières. Au moment de manger par exemple, la mijaurée ne portait pas directement la nourriture à sa gueule, non! elle se servait de sa patte comme d'un ustensile. Mais, en dépit de ses allures de princesse, elle n'avait manifestement pas plus de cervelle qu'une puce. Ainsi, on aurait dit qu'elle n'entendait rien au langage des humains. Quand la dame lui donnait un ordre, elle ne bougeait pas, ou pire encore! elle faisait exactement le contraire.

La princesse avait englouti le canapé que la dame venait de lui donner et, maintenant, elle se bichonnait avec affectation. Tournée vers la moustiquaire, elle faisait exprès de narguer la chatte Aurore en se léchant les babines. Il y avait des heures que cette dernière n'avait rien mangé et elle mourait de faim. La princesse était vaniteuse, ignorante et, à l'occasion, méchante comme une teigne. Chaque fois que la chatte Aurore tentait une approche amicale, elle crachait son venin et sortait ses griffes. Une vraie mégère! Mais cela n'avait au fond rien de bien étonnant. C'était l'instinct qui voulait ça! Il fallait bien appeler un chat un chat!

L'existence en territoire ennemi apportait son lot quotidien d'humiliations et de frustrations. Pourtant, ça n'était pas elle, la chatte Aurore, qui avait demandé à venir ici. La dame et les lézards avaient profité de l'absence du Bien-Aimé pour la kidnapper et la conduire au bord de ce cours d'eau qui, souvent, sentait mauvais.

Depuis son arrivée, la chatte Aurore vivait dans l'épouvante. Les grenouilles coassaient jour et nuit; des oiseaux géants se posaient sur l'eau en cacardant; le chien de la maison voisine hurlait dès qu'il apercevait le bout de la queue d'un chat; des bêtes d'une espèce inconnue arrosaient les importuns avec un liquide nauséabond. Un soir de la semaine dernière, la chatte Aurore avait elle-même subi cette épreuve humiliante et, depuis, elle s'aventurait le moins possible à l'extérieur de la maison. Heureusement! la dame avait cessé d'insister. D'un seul coup, elle avait changé son fusil d'épaule. Avant, elle l'obligeait à prendre l'air dans la cour, mais, depuis quelques jours, elle l'en empêchait. Elle disait que c'était à cause de ces gens qui tuaient les animaux. La chatte Aurore n'en revenait pas! Jamais elle n'aurait cru pareille chose possible! La vie à la campagne n'était pas de tout repos. Il fallait toujours être sur le qui-vive!

Le déménagement avait été à lui seul une épreuve dont elle ne s'était pas encore tout à fait remise. Pendant la semaine qui l'avait précédé, elle avait vécu seule avec le lézard mâle. Un soir, le lézard femelle était réapparu avec une étrangère qui n'était autre que cette dame chez qui la chatte Aurore logeait depuis. Le branle-bas avait duré une partie de la nuit; les lézards avaient ramassé leurs affaires, l'étrangère avait fait le ménage de l'appartement, puis le signal du départ avait été donné. Cachée sous le lit du Bien-Aimé, la chatte Aurore avait espéré échapper à l'attention de la dame, mais cette dernière avait découvert sa cachette et elle l'avait enfermée de force dans une cage. Si le Bien-Aimé revenait, il trouverait l'appartement vide et il serait très malheureux. Les lézards avaient quitté les lieux sans même se donner la peine de lui laisser un mot d'adieu. Ils étaient partis sans se retourner.

Dans la bousculade qui avait précédé le départ, la grande enveloppe brune que le facteur avait livrée le matin même avait été jetée par terre, piétinée et abandonnée sur le pas de la porte. L'enveloppe était ornée de timbres sur lesquels d'étranges créatures animales étaient représentées. Sans doute provenait-elle de quelque lointaine partie du monde. Naturellement, la chatte Aurore avait aussitôt pensé à son Bien-Aimé disparu. Ne pensait-elle pas toujours à lui?

Dans la voiture, elle avait été malade à en crever. Le couvercle de la cage en osier s'était rabattu sur elle comme une trappe et, pendant tout le trajet, elle avait eu la diarrhée; à plusieurs reprises, elle avait vomi. Ensuite, elle avait eu honte devant la dame qui, à l'arrivée, avait nettoyé son poil souillé.

La maison de la dame était humide et elle sentait le chat. Apeurée, la chatte Aurore s'était tapie dans un coin; Mascara n'avait pas tardé à bondir hors de la pièce où sa maîtresse l'avait enfermée. C'était ainsi qu'elle avait fait la connaissance de la princesse qui, aussitôt, s'était jetée sur elle en sifflant comme une vipère.

À la longue, les choses s'étaient tassées un peu. D'ailleurs, en sa qualité d'orpheline, la chatte Aurore n'avait pas vraiment le choix. À tout prendre, ce foyer nourricier n'était pas pire qu'un autre. Avec un peu de bonne volonté, elle finirait peut-être par s'habituer. Bien entendu, elle ne se sentait pas chez elle dans la maison de la dame, mais il fallait reconnaître qu'elle était convenablement traitée.

Cette bonne dame prenait également grand soin des lézards. Avec elle, ils avaient repris du poil de la bête. Ils mangeaient mieux. Ils étaient moins irascibles. La chatte Aurore se réjouissait de cette amélioration de leur caractère, mais, par expérience, elle savait qu'il s'agissait là d'un phénomène passager. Avant longtemps, ils seraient redevenus eux-mêmes. Parfois, ils la flattaient un petit moment. Avant, ils n'auraient jamais agi ainsi. Elle les laissait faire. En attendant le retour du Bien-Aimé, c'était mieux que rien.

Dieu que le Bien-Aimé était long à revenir! Et elle, la chatte Aurore, au lieu de partir à sa rencontre, elle s'était contentée d'attendre passivement son retour. Sans doute avait-il voulu la mettre à l'épreuve. Dans ce cas, elle avait échoué. Il ne reviendrait pas. Elle l'aurait bien mérité. Elle était si lâche, elle n'arrêtait pas de se le répéter.

Jusqu'à la fin de ses jours, elle vivrait en se remémorant les années de bonheur perdu. Avec le temps, l'odeur du Bien-Aimé s'évaporerait. Elle ne possédait plus aucun objet lui ayant appartenu. Les lézards étaient partis en laissant tout derrière eux. Ils n'avaient même pas pensé à emmener la paire de babouches! Maintenant, ils portaient les pantoufles que la dame leur avait achetées. Déjà, certains des traits du visage aimé devenaient un peu flous.

La pétulante Mascara n'était plus sur la terrasse. Elle devait être allée à la pêche aux grenouilles. C'était sa marotte, ces temps-ci. À chaque fois qu'elle en attrapait une, elle en faisait tout un plat! Son trophée de chasse dans la gueule, elle rentrait triomphalement à la maison. Elle était ridicule! Pendant d'interminables minutes, elle torturait sa proie en faisant toutes sortes de grimaces qui l'enlaidissaient. Puis, elle en mangeait un bout. Encore vivante, la grenouille gigotait sur le tapis du salon. C'était un spectacle qui soulevait le cœur. La dame n'appréciait pas, elle non plus. Elle disputait Mascara. Ou, plutôt, elle faisait semblant, car elle était incapable de se mettre réellement en colère. Quand les lézards étaient là, ils félicitaient la chasseresse. Ce genre de divertissement les amusait.

La dame était étendue sur une chaise longue. Elle avait l'air bien. La chatte Aurore aurait aimé s'allonger près d'elle. La nuit, elle se couchait sur son ventre qui était rebondi et confortable. La dame dormait, elle ne s'en apercevait pas. Mais, en plein jour, ces choses-là ne se faisaient pas. La dame ne devait pas savoir que sa pensionnaire avait un peu d'amitié pour elle. Le Bien-Aimé avait des antennes: il se croirait trahi. Pourtant, la chatte Aurore savait qu'elle n'aimerait jamais personne d'autre que lui. Quand la dame la caressait, elle restait sur son quant-à-soi. Elle éprouvait un certain plaisir, mais elle ne se pâmait pas. Elle ne ronronnait même pas. Mascara ne l'aurait pas supporté. La princesse était très possessive. C'était normal. À sa place, la chatte Aurore aurait réagi de la même façon.

La dame descendait vers la rivière en appelant Mascara. Toujours immobile derrière la moustiquaire, la chatte Aurore observait la scène. Elle était inquiète: sa camarade ne répondait pas à l'appel. Dans le secret de son cœur, la chatte Aurore ne haïssait pas la princesse autant qu'elle le prétendait. Il lui arrivait même d'éprouver à son égard de singulières envies. Elle s'imaginait léchant ses oreilles, mordillant sa nuque, s'endormant contre son flanc. Le Bien-Aimé ne s'en formaliserait pas. Après tout, ça n'était jamais qu'un chat!

❑

Ils avaient transporté le grand miroir ovale que Bernadette rangeait dans la penderie et l'avaient installé en face du lit. Ce miroir était monté sur un châssis à pivots grâce auquel on pouvait l'incliner à volonté et se voir de la tête aux pieds, quelle que fût la position adoptée. C'était très pratique.

En ce moment, ils étaient étendus tête-bêche et, en se redressant un peu, ils pouvaient admirer leurs ventres plats et les poils humides de leurs sexes qui tirebouchonnaient. Ils avaient eu chaud et ils étaient encore en nage. Les jambes de l'un reposaient sur la poitrine de l'autre. Ils se baisaient mutuellement les pieds.

«Ma psyché», disait Bernadette quand elle parlait de son miroir ovale. Elle racontait qu'elle avait trouvé cet objet dans le grenier, avec des tas d'autres vieilleries qui avaient été oubliées là par les anciens propriétaires de la maison. Ils s'étaient souvenus de ce bazar merdique où ils travaillaient à l'époque où ils avaient rencontré Gabriel. La boutique vendait des paravents, des vieux meubles, des lampes et des bibelots Art déco; elle en achetait aussi. Ils avaient parlé du bazar à Bernadette. Ce faisant, ils avaient commis une gaffe. Ils auraient mieux fait de tenir leur langue, car la chose avait paru intéresser leur hôtesse plus que de raison. Bernadette les avait longuement questionnés sur leur travail, sur les expériences antérieures qu'ils avaient eues, sur ce qu'ils en avaient retenu, et ainsi de suite. En fait, c'était ce genre de choses qui la préoccupait et non le fatras qui encombrait son grenier. Bernadette affirmait que l'oisiveté était néfaste. D'après elle, ils auraient dû se lever à sept heures du matin et s'en aller bosser «comme tout le monde» ou, à la rigueur, s'employer au moins à chercher un travail. Elle revenait souvent là-dessus. Quand elle s'y mettait, Bernadette était vraiment assommante!

Cette histoire d'objet trouvé était peu crédible. Bernadette avait dû se procurer elle-même sa psyché – et cela, dans le but présomptueux de contrôler les dégâts causés par l'âge et la cellulite. Cette bonne femme était complètement maso! D'ailleurs, ils l'avaient observée plus d'une fois, nue devant sa psyché, l'inclinant dans toutes les directions et se livrant à un examen approfondi de ses rides et de ses bourrelets. Généralement, cet exercice avait lieu le matin, tout de suite après son réveil. Se repentant des excès commis la veille, Bernadette se faisait à voix haute une promesse solennelle qu'elle tenait jusqu'au moment où elle ouvrait la porte du réfrigérateur. Quatre ou cinq heures plus tard, ils descendaient à la cuisine à leur tour, trouvaient le couvert mis, le jus d'orange pressé, le café encore chaud; ils se nourrissaient des reliefs du copieux petit déjeuner que Bernadette s'était octroyé.

Bernadette adorait cuisiner. Elle avait passé le mois de septembre à stériliser des bocaux et à les remplir de fruits et de légumes, entiers ou en purée. Moins douée que Gabriel, elle se défendait quand même assez bien. Mais elle n'avait pas son génie inventif, loin de là: elle suivait les recettes à la lettre, mesurait les quantités, minutait la cuisson et n'improvisait jamais. Elle avait un faible pour les confitures, les tartes et les gâteaux. De son propre avis, c'était ce qu'elle réussissait le mieux. À cause de ses velléités diététiques, elle en faisait de moins en moins. Ils ne s'en plaignaient pas, ils n'avaient jamais raffolé des desserts. En réalité, ils étaient plutôt carnivores. Ils aimaient les viandes rouges, la charcuterie, les saucissons piquants, les piments forts, les poissons crus, les câpres, les marinades, tout ce qui, de manière générale, emporte le palais. Mais, de toute façon, ils avaient un appétit irrégulier qui dépendait essentiellememt de leur humeur. Bernadette servait des portions trop généreuses qu'ils ne terminaient jamais. Entre les repas, ils trompaient la faim avec des chips, des arachides, du lait et des boissons gazeuses. Bien entendu, Bernadette désapprouvait ce régime. À l'occasion, ils avaient de brusques envies de sucre. Dans ces cas-là, ils couraient chez le dépanneur du coin. Comme dans leur enfance, ils dépensaient une partie de leur argent de poche en achetant des friandises. Avec le peu que Bernadette leur donnait, ils ne pouvaient pas se payer davantage. Du temps de Gabriel, ils s'offraient des loukoums et des chocolats importés. Souvent, ils s'amusaient à induire Bernadette en tentation. Devant le chocolat, elle finissait toujours par craquer. Au fond, elle les enviait. Ils pouvaient manger n'importe quoi, n'importe quand et en n'importe quelle quantité, ils n'engraissaient jamais d'un kilo. C'était injuste, estimait-elle. De fait, ils grignotaient toute la journée. La nuit, ils disposaient des amandes, des chips et des biscuits sur la table de chevet qui jouxtait le lit de Bernadette. Cette habitude contrariait leur hôtesse qui se plaignait que les draps étaient toujours pleins de miettes.

Gabriel était plus tolérant. Avec lui, il était possible de faire la fête. Il composait des menus exotiques, organisait des réveillons impromptus; il savait où dénicher les denrées rares et connaissait la manière de les apprêter. Grâce à lui, ils avaient goûté à toutes sortes de mets inconnus. Certains toutefois leur avaient déplu, les *lambis* grillés par exemple – de répugnants mollusques dont la chair était élastique et totalement immangeable. Gabriel avait dit qu'il les servirait en salade la prochaine fois, mais le chef s'était défilé et il n'y avait pas eu de prochaine fois. Ils avaient quand même eu le temps d'apprendre à manger de la cervelle de veau, des morilles, des calmars – des choses dont aucun des membres de leur famille respective n'aurait eu idée.

Depuis qu'ils habitaient chez Bernadette, ils pensaient souvent à leur enfance, mais c'était un sujet qu'ils n'abordaient jamais en présence de Bernadette; avec sa manie de tout savoir, celle-ci les avait plusieurs fois questionnés sur ce qui les avait motivés à quitter si jeunes le domicile familial. En vérité, il n'y avait pas grand-chose à en dire. Ils avaient tous les deux été des fugueurs. L'un s'était enfui de Mont-Laurier, l'autre de Rimouski, et ils s'étaient rencontrés au terminus d'autobus de Montréal. Ils s'étaient reconnus au premier regard: ils avaient le même âge, la même coupe de cheveux, les mêmes espadrilles, la même façon désinvolte d'étendre leurs jambes sur le banc de la gare et le même air buté, destiné à sauver les apparences. Ils avaient mis leurs maigres ressources en commun et, par la suite, ils ne s'étaient plus quittés. Cette existence commune durait depuis trois ans. Si leurs parents avaient entrepris des recherches, il semblait qu'ils n'eussent point tardé à les abandonner. De toute manière, il n'y avait plus lieu de s'en faire: tous deux étaient majeurs depuis le printemps dernier. Tout compte fait, ils ne regrettaient rien, sauf leurs grands-parents qui avaient toujours des histoires intéressantes à raconter. La grand-mère de Mont-Laurier avait eu une carrière de pianiste qui avait duré quelques années et à laquelle un mariage tardif avait mis fin; elle aimait bien évoquer les tournées qu'elle avait faites à travers le Québec – une fois, elle s'était même rendue jusqu'à Boston; maintenant, elle vivait en «résidence» et elle feuilletait son album de souvenirs en regardant les photos et les coupures de journaux avec ses doigts parce qu'elle était devenue presque aveugle. Quant au grand-père de Rimouski, il avait été marin et il avait fait plusieurs grands voyages; lui aussi avait été placé dans une résidence pour personnes âgées, après qu'une attaque de paralysie cérébrale l'eut laissé à moitié impotent. Ils n'avaient pas révélé grand-chose de leur enfance à Bernadette. Et Gabriel n'en avait pas appris davantage. À l'exception de leurs grands-parents, ils n'évoquaient jamais les habitants de Rimouski et de Mont-Laurier, pas même entre eux.

Bernadette se conduisait comme une mère à leur égard. C'était agaçant mais excusable et, au fond, plutôt agréable. Sa manie de tout ranger, sa sollicitude, le souci constant qu'elle se faisait de leur avenir, ses manifestations épisodiques d'autorité, ses revirements inexplicables, les remarques désobligeantes qu'elle passait sur leurs vêtements et sur la musique qu'ils écoutaient, certaines des expressions qu'elle utilisait: tout cela évoquait l'époque révolue où ils vivaient encore sous le joug maternel. Maintenant, leurs mères «se faisaient des cheveux blancs» en attendant leur retour. Mais elles perdaient leur temps, car ils ne reviendraient pas. Ils étaient partis pour de bon. Tout comme Gabriel, semblait-il.

Gabriel aimait l'alcool – eux, non, hormis le champagne qu'il leur avait fait découvrir. Ils aimaient le champagne parce que c'était cher, romantique et démodé. Mais Bernadette n'en achetait jamais. Elle n'achetait que de la bière, du vermouth et du vin de qualité médiocre; même s'ils n'y connaissaient pas grand-chose, ils étaient capables de lire les prix sur les étiquettes. De toute façon, Bernadette buvait très peu. Quand elle renouvelait ses provisions, elle le faisait en pensant à d'éventuels visiteurs. Pourtant, il n'en venait à peu près jamais. Bernadette n'invitait des gens qu'en leur absence. Or, ils sortaient très rarement. C'était aussi bien comme ça. Ils ne tenaient pas à faire la connaissance des voisins, des amis, des collègues de bureau, pas encore du moins. Parmi ces pique-assiettes qui profitaient des largesses de leur hôtesse, se trouvaient sans doute quelques personnes disposées à se mettre à leur service. Mais, pour le moment, ils se contentaient de ce qu'ils avaient. «Faute de pain, on mange de la galette», aurait dit le grand-père de Rimouski.

Bernadette avait à son actif une dizaine de recettes dans la composition desquelles entrait de la bière ou du vin. C'était là une autre raison qui l'incitait à garder quelques bouteilles en réserve. Bernadette affectionnait les ragoûts, les pots au feu, les fricassées. Elle excellait dans l'art d'accommoder les restes. Contrairement à Gabriel, elle était économe et raisonnable. Ainsi son livre de recettes favori s'intitulait-il: *La cuisine raisonnée*. Dans tous les domaines, elle s'astreignait à suivre le mode d'emploi; la nature l'avait ainsi faite.

La vie avec Bernadette était tranquille, confortable et monotone. Au début pourtant, cette existence nouvelle les avait séduits. Avec elle, tout paraissait différent et, pour cette raison, attrayant. «Tout nouveau, tout beau!» aurait commenté la grand-mère de Mont-Laurier. De fait, ils succombaient facilement à l'attrait de la nouveauté. Hélas! cela ne durait jamais bien longtemps. Ils avaient mis passablement de temps à se rendre à cette évidence. Chaque jour, ils s'ennuyaient un peu plus que la veille. Ils ne le montraient pas, pas ostensiblement du moins. Les dimanches, en particulier, étaient franchement mortels. Le matin, Bernadette rangeait, jardinait ou cuisinait et, au début de l'après-midi, elle faisait une petite sieste. Avant d'entreprendre une nouvelle semaine de travail, elle avait besoin de récupérer un peu, répétait-elle chaque dimanche. Elle montait s'étendre un moment et ne redescendait souvent que deux ou trois heures plus tard, les yeux bouffis et les traits fripés. Elle ne tenait aucunement compte du fait que, venant à peine de se lever, ils n'avaient pas du tout sommeil et ne savaient pas quoi faire en l'attendant.

Depuis un mois, Bernadette avait beaucoup changé. Après tout ce qu'ils avaient fait pour elle, l'ingrate se souciait de moins en moins d'eux. De son propre aveu, elle avait passé l'été à se lamenter sur son sort. Un certain Benoît l'avait laissé choir et elle avait mis du temps à s'en relever. D'une voix fêlée, elle leur avait fait cent fois le récit de sa rupture avec le susnommé qui, si l'on s'en remettait à l'album de photos qu'ils avaient découvert sous une pile de volumes de la série Beautés du Monde de Larousse, ne payait pas de mine. Le beau Benoît avait le cheveu rare et le menton avachi; en plus, il arborait un collier de barbe qui lui donnait l'air obtus d'un professeur de morale de Mont-Laurier ou de Rimouski, et il portait d'horribles lunettes à monture de métal. Le plus stupéfiant dans cette histoire, par ailleurs dénuée d'intérêt, c'était que Bernadette s'attribuait l'entière responsabilité de son dénouement malheureux. N'eût été de leur intervention dans son existence, la pauvre fille en serait encore à barboter dans les eaux troubles de la culpabilité.

Heureusement, Bernadette était peu encline à s'apitoyer longtemps sur elle-même. Ils avaient été séduits par son entrain, sa vitalité, son assurance. Ils avaient cru que Bernadette était une femme dont les ressources étaient inépuisables. À première vue, elle avait l'air si solide. Mais, petit à petit, ils découvraient qu'elle était comme les autres, c'est-à-dire qu'on ne pouvait pas réellement compter sur elle. Sans doute avaient-ils été abusés par ses formes généreuses. Avec le temps, elle avait perdu sa jovialité naturelle. Elle avait des sautes d'humeur, de brusques accès de mélancolie. Mais elle ne s'épanchait pas, comme elle l'avait fait à propos de sa rupture avec Benoît. Au contraire, dans ces moments-là, elle ne parlait pas. Elle semblait ailleurs. En cela, elle ressemblait un peu à Gabriel qui, pourtant, était très différent d'elle. À la fin, lui aussi ne parlait presque plus.

Bernadette était hyperactive. Pourtant, depuis peu, elle avait un penchant à la paresse. C'était là l'aspect le plus étonnant de sa récente métamorphose. Elle se plaignait de ses insomnies, mais, en réalité, elle dormait autant qu'elle mangeait. En somme, elle était très ennuyeuse.

Certes, l'ennui avait du bon. Il allait de pair avec la sécurité. Ils commençaient à en avoir assez des déménagements, des abandons, des coups de foudre et des déceptions qui, inévitablement, s'en suivaient. Cette fois, ils ne précipiteraient pas les choses. Ils avaient tiré une leçon de leur expérience avec Gabriel. Avec lui aussi, ils avaient connu une période creuse, assez semblable à celle qu'ils connaissaient aujourd'hui. S'ils avaient été capables de passer au travers, Gabriel ne serait peut-être pas parti.

Bernadette était à peu près dépourvue d'imagination. Au lit, par exemple, elle n'était pas très dégourdie et elle manquait totalement de fantaisie; elle se déshabillait trop vite, jouissait encore plus vite, enfilait prestement sa robe de chambre et se rendait à la salle de bain. Elle faisait grand cas de son hygiène personnelle et, à l'occasion, elle s'inquiétait également de la leur. Elle se douchait matin et soir, se lavait avant et après l'amour. Sa peau sentait toujours le savon à la lanoline. Ils aimaient bien aller la retrouver dans la baignoire. Ses seins ronds émergeaient de l'eau comme des nénuphars. Elle était presque jolie. La première fois, elle avait paru un peu choquée. Bernadette était une femme pudique. À trente-huit ans, elle n'avait encore jamais fait l'amour dans une baignoire! Mais elle y avait pris goût rapidement et, maintenant, elle faisait exprès de laisser la porte entrouverte.

En passant dans le couloir tout à l'heure, Bernadette avait profité de ce que la porte de la chambre n'était pas fermée. Déposant son plateau, elle s'était arrêtée un instant. À plusieurs reprises, ils avaient remarqué qu'elle les observait ainsi, à la dérobée. Ils la laissaient faire. Sans doute demeuraient-ils encore un mystère pour elle – une équation à deux inconnues que, en dépit de sa sagacité, elle ne parvenait pas à résoudre. Ils avaient fait semblant de dormir. Le dimanche, elle leur apportait souvent le petit déjeuner au lit. Puis, ils s'étaient souvenus de ce qui avait été convenu le soir précédent. Bernadette avait dit qu'elle préparerait une espèce de brunch – quelque chose d'irlandais ou de finlandais, la géographie n'avait jamais été leur fort – et qu'ils devaient descendre le prendre sur la terrasse puisque l'on annonçait un retour du beau temps pour le lendemain. Ça, c'était bien d'elle! À cette époque de l'année, ils gèleraient comme des rats!

Ainsi, Bernadette était-elle résolue à rivaliser avec Gabriel en s'essayant à son tour à la cuisine exotique. Son «smore-machin»! Ne leur avait-elle pas assez rebattu les oreilles avec ça! Dans quelques instants, il leur faudrait se lever, s'habiller, sortir. Mais cela en valait-il vraiment la peine? Un petit déjeuner au lit tout simple – jus d'orange, café et croissants aux amandes – aurait tout aussi bien fait l'affaire.

Au bout d'une minute ou deux, Bernadette avait repris son plateau et elle s'était éloignée. Elle marchait sur la pointe des pieds. Précaution bien inutile, puisque le mal était fait depuis longtemps. Avec tout ce boucan qui montait de la cuisine, il y avait belle lurette qu'ils étaient réveillés. Ils avaient fait l'amour pour passer le temps. S'ils étaient descendus plus tôt, Bernadette n'aurait pas manqué de leur assigner quelque tâche ménagère particulièrement ingrate, telle que l'épluchage des légumes, le récurage des chaudrons, ou n'importe quelle autre corvée du même genre.

Maintenant, tout devait être prêt. Il était temps de descendre. Sinon, Bernadette serait vexée et elle risquait de faire des histoires. Et puis, ils commençaient à avoir faim. S'ils tardaient trop, la chatte Aurore – un vrai pot de colle, celle-là! qui, où qu'ils fussent, leur filait le train – s'approprierait leur part de canapés. Elle en était bien capable. Bernadette agissait avec elle exactement comme Gabriel autrefois, c'est-à-dire qu'elle lui passait tout. Heureusement, Mascara n'hésitait jamais, elle, à remettre l'intruse à sa place.

Du rez-de-chaussée, s'élevait un concert de voix qui braillaient en italien. Bernadette s'impatientait. Dans l'intention évidente de les réveiller, elle avait mis un disque et monté le volume de l'amplificateur au maximum. Elle avait un faible pour la musique sacrée: les chorals, les messes, les oratorios. C'était déprimant, mais, à la rigueur, cela pouvait aller. Le pire, c'était le dimanche, le jour de la semaine que Bernadette consacrait à l'écoute des grands opéras. Ça, ils ne s'y habitueraient jamais. Elle, par contre, c'était sa musique préférée. Ils étaient passés sans transition de Coleman, Coltrane et Metheny à Wagner, Puccini, Verdi et tutti quanti. À partir d'un certain âge, il semblait que les mélomanes – sur lesquels le hasard faisait qu'invariablement ils tombaient – fussent tous d'impénitents zélateurs de leur crédo musical. Sur ce point, Bernadette ressemblait à Gabriel. Elle aussi jouait les pédagogues. La plupart du temps, ils n'écoutaient que d'une oreille, mais la bonne fille ne s'en rendait pas compte. «Avec le temps, le goût s'affine, il se bonifie comme une eau-de-vie ou un grand vin», professait-elle en dépit de son peu de penchant pour l'alcool; selon elle, l'éducation négligée qu'ils avaient reçue était responsable de ce qu'elle appelait leur «paresse intellectuelle»; ils n'étaient pas assez curieux de ce qu'ils ne connaissaient pas. «Tous les goûts sont dans la nature», rétorquaient-ils en citant leurs grands-parents qui, à l'occasion, parlaient avec bon sens. Bernadette, elle, s'entêtait à leur imposer unilatéralement les siens, bien qu'elle s'en défendît en prêchant la diversité. Mais, si sa discothèque comptait nombre d'albums de papi Cohen, pépé Springsteen, pépère Dylan et autres dinosaures de la même espèce, elle s'en tenait à son folklore et ne s'aventurait guère du côté des Ofra Haza, Art of Noise ou Big Pig. Elle adulait Tom Waits dont elle possédait presque tous les disques. Hormis le jazz, ses goûts n'étaient pas très différents de ceux de Gabriel. Sans doute était-ce une question d'âge. Récemment, elle avait découvert Sting et, depuis, elle leur cassait quotidiennement les oreilles avec la version espagnole de son dernier disque qui, hélas! était un album double.

Le ténor – à moins qu'il ne s'agît d'un baryton – s'époumonait et sa voix tonitruante menaçait de faire voler en éclats le verre de la psyché. Un opéra comme celui-là durait facilement un après-midi entier. Quand ils descendraient tout à l'heure, ils forceraient Bernadette à changer de disque. Elle ne protesterait pas; elle serait absente pendant une dizaine de jours et ils l'avaient plusieurs fois suppliée de les emmener avec elle; elle avait refusé, mais il était clair qu'elle se sentait coupable. La veille du départ, elle filerait doux.

Ils n'avaient vu ni le Pacifique ni les Rocheuses; ils n'étaient même jamais allés à New York, ou n'importe où ailleurs aux États-Unis. Ils n'avaient jamais voyagé. Pourtant, ils ne demandaient que ça. Un jour, quelqu'un de très riche les emmènerait avec lui et ils partiraient loin. Ils iraient beaucoup plus loin que Gabriel ou Bernadette n'étaient jamais allés. «Les voyages forment la jeunesse»: à Rimouski, à Mont-Laurier, un peu partout, les gens disaient ça. Mais, sans argent, les voyages aboutissaient à un cul-de-sac. Du temps de Gabriel, ils avaient connu un garçon qui parcourait le monde à vélo et s'esquintait les reins à faire les vendanges dans la campagne française ou la cueillette des olives sur les îles grecques. Mais mieux valait s'abstenir que se trimballer sur les routes avec son vélo, ses sacoches et le reste de son barda sur le dos, dormir n'importe où – sur un banc, dans un champ ou, pire encore, dans l'un de ces dortoirs aménagés pour les jeunes –, manger exclusivement dans les *fast foods* et les cafétérias, avaient-ils conclu à la fin du récit du globe-trotter. À leur arrivée à Montréal, ils avaient tâté de cette vie-là. Pendant quelques mois, ils avaient fréquenté les bars et les arcades du centre-ville, quêté à l'entrée des stations de métro, dormi dans des refuges où des travailleurs sociaux les avaient accueillis comme des camarades. Depuis, ils devenaient fous quand ils entendaient l'un de ces raseurs discourir sur les ondes de la télé ou de la radio du «jeune» et de ses problèmes. L'expérience avait été concluante. Ils s'étaient promis qu'ils ne la renouvelleraient jamais.

L'année dernière, ils avaient parcouru les premières pages d'un roman écrit par une espèce de routard qui racontait ses virées à travers le Mexique et les États-Unis. Les gens d'un certain âge semblaient tous épris de cet écrivain américain et, quand ils parlaient de lui et de son époque, c'était toujours avec une sorte de nostalgie qui, à la réflexion, laissait perplexe. Maintenant qu'ils avaient du fric plein les poches et que, comme Bernadette, ils prenaient l'avion et descendaient dans les grands hôtels, ils regrettaient le bon vieux temps des voyages en stop et ils avaient tendance à magnifier l'absence de confort. Bernadette aimait beaucoup cet Américain et elle avait voulu le leur faire connaître. Ils connaissaient déjà; à l'époque où il enseignait encore, Gabriel avait mis l'un de ses romans au programme et, dans la foulée, il les avait presque forcés à le lire. Sans doute avait-il pensé que, à peine leur lecture terminée, ils prendraient la route à leur tour. N'était-ce pas une manière indirecte de manifester le désir qu'il avait de se débarrasser d'eux? Leur réaction l'avait sûrement déçu: ils n'étaient pas partis. Le jour où ils voyageraient, ils le feraient comme des princes, pas comme des vagabonds.

Depuis le début de leur aventure montréalaise, ils avaient joué de malchance. Gabriel était parti, Bernadette passait son temps à courir d'un bout à l'autre du pays, mais, eux, ils ne décollaient pas de Montréal et de sa banlieue. Les gens qu'ils rencontraient avaient l'air de croire que cet horizon étriqué leur suffisait. Tout au plus les incitaient-ils à se secouer un peu et à «prendre leur avenir en main», comme disait Bernadette. De quel avenir, parlait-elle? Le monde qu'ils connaissaient était si stagnant. En un sens, ils étaient en transit. Ils regardaient passer les trains. Un jour, l'un d'eux finirait bien par s'arrêter. Personne ne semblait comprendre ce qu'ils attendaient depuis si longtemps. Sans doute eux-mêmes l'ignoraient-ils. Mais, chose certaine, ils attendaient. Un jour ou l'autre, un événement inattendu se produirait et, alors, tout serait chamboulé. Ils étaient seuls à attendre. Autour d'eux, nul ne paraissait attendre quoi que ce fût.

Gabriel, lui, en avait eu assez. Il était allé à la rencontre de l'inattendu. Avait-il trouvé ce qu'il cherchait? Probablement, puisqu'il ne revenait pas. Peu de temps avant son départ, il leur avait raconté une histoire de miroir dans lequel apparaissaient les personnes disparues. Cette histoire leur avait plu. De tout temps, ils avaient été fascinés par les miroirs. Mais ils avaient beau scruter les profondeurs de la psyché de Bernadette, Gabriel ne se montrait pas. De toute évidence, ce miroir-là n'était pas magique. Peut-être était-il truqué? Sans doute Bernadette ne l'avait-elle descendu du grenier que pour mieux attirer les alouettes sans tête qu'ils étaient. Valait-il la peine d'écrire un appel au secours sur cette glace que le temps avait ternie? Ils l'avaient fait une fois, mais le miroir était resté muet. Gabriel n'avait pas répondu. Manifestement, il les avait oubliés. Il devait se la couler douce, là-bas. Il avait sûrement rencontré quelqu'un qu'il aimait comme il les avait aimés. Quelque part dans le monde, il y avait un ou une inconnu qui profitait de lui, sans vergogne aucune. Et pendant ce temps, eux, ils n'avaient pour toute perspective d'avenir que ce fameux smore-machin qui les attendait sur la terrasse.

Bernadette venait de mettre la seconde face du disque. Elle avait encore augmenté le volume du son. Dans une minute, ils iraient la retrouver.

Bernadette desservait la table. Ils avaient accepté de manger dehors et – chose encore plus exceptionnelle – ils avaient presque entièrement terminé leur assiette. Son *smörrebröd* leur avait plu. Ils avaient fini par descendre, l'un revêtu de son kimono acheté lors d'un précédent voyage à Vancouver, l'autre d'une robe de chambre appartenant à Benoît. D'un même mouvement, ils s'étaient jetés à son cou. Ils se ressemblaient tant que, sur le moment, elle avait eu du mal à les distinguer l'un de l'autre. Puis, elle s'était rendue à l'évidence: c'était bien lui, Alexis, qui se baladait dans son kimono et elle, Marianne, qui avait mis la robe de chambre de Benoît – une robe de chambre usagée qui évoquait des milliers de souvenirs, bons et mauvais. Bernadette se rappelait les levers de soleil sur la rivière, les promenades en barque, les œufs à la coque croqués au large de l'île Bélair; à midi, le grand air les ayant mis en appétit, elle et Benoît s'offraient un bon déjeuner; en hiver, ils se levaient un peu plus tard, faisaient un tour de ski de fond dans les bois environnants et, vers la fin de la matinée, prenaient un brunch substantiel. Benoît était gourmand. Comme elle, il faisait un peu d'embonpoint, mais, à l'époque, ni l'un ni l'autre ne se souciait tellement de son tour de taille. Et, contrairement aux deux parasites à qui elle avait donné asile, Benoît ne dédaignait jamais de lui donner un coup de main à la cuisine. Souvent, ils passaient le reste de la journée au lit. C'était le bon temps! Mais, petit à petit, la routine avait pris le dessus et les brunches du dimanche avaient été relégués aux oubliettes. Les derniers temps, Benoît se levait tôt, prenait une bouchée à la sauvette, enfilait un survêtement et partait retrouver ses copains au gymnase. À la veille de ses quarante ans, il avait été pris de panique et il avait décidé de se mettre au conditionnement physique sans plus tarder. C'était ainsi qu'il avait fait la conquête de l'une de ces jeunes femmes sveltes qui courent les gymnases et qu'il était parti avec elle en oubliant d'emporter son peignoir et un certain nombre d'autres objets – livres, rasoir, exerciseurs, chemises – dont Bernadette n'avait pas eu encore le courage de se départir.

Pendant le repas, ils s'étaient encore disputés. La plupart du temps, c'était elle qui était l'enjeu de ces duels quotidiens. Ils épiaient chacun de ses regards et de ses gestes. Et si, par inadvertance, Bernadette caressait au passage la nuque de l'un, l'autre, s'estimant lésé, se renfrognait aussitôt. Les deux chattes ne réagissaient pas autrement. Quand Mascara surprenait la chatte Aurore sur ses genoux, elle flanquait une raclée à sa rivale qui lui restituait aussitôt le territoire usurpé. Mais, avec eux, l'issue du match n'était pas aussi prévisible. Ils étaient de force égale et pareillement aptes à gagner la partie. Les coups et les injures pleuvaient. Chacun disait souhaiter le départ de l'autre, mais ils étaient inséparables et, au bout d'un moment, ils se réconciliaient toujours. Une fois les esprits calmés, c'était elle, Bernadette, qui s'attribuait la responsabilité de l'événement. Après tout, n'était-ce pas l'une de ses maladresses qui avait mis le feu aux poudres?

Maintenant, l'orage était passé. D'ailleurs, Bernadette ne se rappelait même plus ce qui l'avait déclenché. Elle avait probablement commis un impair. Mais, pour le moment, elle n'avait pas envie d'explorer la question plus avant. Le soleil tombait dans la rivière, l'eau était rose, le courant charriait des feuilles mortes couleur d'or, une chaloupe faisait lentement le tour de l'île Bélair, des nuées d'hirondelles tournoyaient au-dessus de la tête des chattes qui rêvaient sous les ormes et, devant ce spectacle, Bernadette retrouvait son calme. À cette heure, on aurait dit que les choses s'emmêlaient les unes aux autres – le ciel à la terre, l'ombre à la lumière, la détresse à l'enchantement. C'était un bel après-midi d'automne qui s'achevait dans la sérénité. L'air, léger, ressemblait à un prélude de Debussy.

De l'intérieur de la maison provenait une musique qui, hélas! était tout autre. Ils avaient interrompu *La Traviata* au beau milieu de l'*Addio del passato*. Cette manière cavalière d'agir n'était pas nouvelle. Ils empiettaient de plus en plus sur son territoire, s'appropriaient sa chambre, ses vêtements, ses objets personnels; ils la dépossédaient graduellement d'elle-même. Au fond, elle l'acceptait. Ne les avait-elle pas pris sous son aile? Il était trop tard maintenant. De toute façon, elle n'aimait plus l'opéra autant qu'avant. À la place de *La Traviata*, ils avaient mis un disque de free jazz qui troublait l'harmonie du soir; chacune des deux faces de ce disque avait déjà tourné plusieurs fois; à la longue, c'était exaspérant! Depuis quelque temps, ils écoutaient souvent ce genre de musique. Ils avaient toujours été de grands amateurs de jazz, assuraient-ils. Pareille affirmation laissait songeur. Ils bluffaient, de toute évidence. Mais, par-delà son caractère douteux, l'affirmation contenait peut-être une allusion à leur passé. À ce sujet, Bernadette s'était livrée à une petite enquête qui n'avait pas donné grand résultat. Toutes les questions qu'elle avait posées étaient restées sans réponse. Elle avait fouillé dans leurs affaires personnelles, rencontré le propriétaire de la boutique d'antiquités, mais, sur l'essentiel, elle n'avait rien appris. Quelle sorte d'enfance avaient-ils eue? Tel était le genre de choses que Bernadette aurait aimé savoir. Ils avaient dû être des enfants très mignons, physiquement du moins. Cela se voyait encore à la douceur de leur peau, à l'arrondi de leurs lèvres, à la grâce de leur sourire. Elle imaginait des angelots, ouvrant sur le monde des yeux candides mais dépourvus d'aménité, intimidant les maîtresses d'école, dessinant des monstres que leurs mères n'osaient épingler sur les armoires de la cuisine, tourmentant les animaux, jetant des pierres aux passants, rossant leurs camarades, acceptant de monter en voiture avec des inconnus qu'ils séduisaient ou délestaient de leur portefeuille. Elle imaginait tout cela et bien d'autres choses encore, mais elle ne les imaginait jamais l'un sans l'autre. Comment avaient-ils pu mener des existences parallèles pendant tant d'années? Était-ce la conscience de ce morcellement douloureux qui avait amené chacun à quitter le domicile familial dès l'âge de quinze ans? Qui étaient-ils, d'où venaient-ils, où allaient-ils? Ils n'allaient nulle part, cela semblait acquis. Mais le mystère de leurs origines demeurait entier.

En réalité, ils ne connaissaient pas grand-chose – pas plus au jazz qu'à la musique en général –, mais elle les laissait dire et, même, elle simulait parfois l'ignorance dans le but de leur permettre de l'impressionner. Ils citaient des noms, comparaient les différentes versions d'une même pièce, caractérisaient les styles, bref, ils étalaient un savoir dont ils étaient fiers. Cela faisait plaisir à voir! Enfin, ils s'intéressaient à quelque chose! Ces disques ne leur appartenaient pas. Tous soigneusement étiquetés, ils étaient la propriété de Gabriel Langevin, le «parrain». Mais qui était ce type? Et pourquoi était-il parti? Son appartement avait été dévasté, son intimité spoliée. Qu'avait-il bien pu faire pour mériter ça? Lors du déménagement, elle avait tenté de réparer le plus gros des dégâts. Elle avait eu honte de l'état dans lequel les «neveux» avaient abandonné l'appartement du «parrain». Avant de partir, elle avait effacé leurs traces.

Si Gabriel Langevin revenait, il voudrait certainement récupérer la chatte Aurore. En attendant, Bernadette prendrait soin d'elle; quoiqu'un peu rétive, cette chatte avait une personnalité attachante. Quant à eux, voudrait-il les reprendre aussi à son retour? Dans ce cas, elle protesterait. Il n'en était pas question. Elle ne les laisserait pas partir, pas de cette façon-là du moins.

Bernadette secouait la nappe dans l'herbe qui, à cette heure, avait pris une teinte un peu fauve. Le grand héron était revenu! Posté au bout du quai, il lissait ses plumes en toute quiétude. Les chasseurs du dimanche avaient raté leur proie. Bernadette était contente. Elle aurait aimé partager ce petit bonheur avec eux, mais, si elle les appelait, ils feraient d'abord mine d'être occupés à autre chose, puis ils se lèveraient en maugréant, simuleraient l'intérêt et, ensuite, ils retourneraient à leurs affaires. C'était toujours comme ça, ils faisaient semblant! Quoi qu'elle leur montrât ou racontât, ils disaient: «Comme c'est intéressant!» et ils se mettaient à parler d'autre chose. Avec eux, on ne savait jamais sur quel pied danser. Ainsi par exemple, ils affirmaient adorer la campagne, mais ils ne mettaient à peu près jamais le nez dehors, sauf les jours de canicule où ils s'allongeaient sur des chaises longues, comme des lézards. Ils daignaient parfois l'accompagner en barque sur la rivière, mais, pour cela, il fallait leur tordre le bras, sinon ils ne bougeaient pas un orteil. Quand un rat musqué ou un canard migrateur venait à passer, ils ne le voyaient pas. Ils étaient aveugles. Le soir, ils sortaient plus volontiers. Ils aimaient regarder les étoiles et ils connaissaient le nom de quelques-unes des constellations. De qui tenaient-ils ces bribes de savoir astronomique? De la même personne qui les avait initiés au jazz? Manifestement, quelqu'un avait réussi là où elle avait échoué. Ils ne s'intéressaient pas plus aux oiseaux qu'à l'opéra ou au jardinage. Ils ne s'intéressaient à rien de ce qui l'intéressait. Ils ne prêtaient aucune attention à ce qu'elle disait, ou bien ils faisaient exprès de la contredire. Ils affirmaient raffoler des hors-bord et des hydravions qui polluaient l'atmosphère et souillaient l'eau de la rivière. Récemment, ils avaient manifesté le désir de faire de la planche à voile, mais Bernadette leur avait suggéré d'attendre à l'été prochain; en ce moment, l'eau était beaucoup trop froide et les combinaisons thermiques valaient une fortune. Depuis qu'ils vivaient avec elle, ses économies diminuaient à vue d'œil.

Cette semaine encore, elle avait fait une folie en achetant cette robe décolletée jusqu'au nombril qui avait coûté les yeux de la tête. En plus, la robe ne lui allait pas très bien. Ce matin, en allongeant l'ourlet, elle s'était dit qu'elle n'oserait jamais la porter. Ils n'étaient pas de son avis. Au fond, ils avaient peut-être raison. Ce soir, elle oserait. Pour une fois, elle serait à la hauteur. Elle se ferait un chignon qu'elle surmonterait d'un nœud brillant. C'était la mode: elle l'avait vu dans les magazines qu'ils achetaient. Elle se maquillerait, mettrait la parure d'argent qu'elle avait héritée de sa grand-mère. Au lieu de faire elle-même le repas, elle les inviterait dans un grand restaurant. Ce serait la fête. Elle leur offrirait du champagne ou du vin mousseux. Ils disaient toujours qu'ils en raffolaient. Ils l'embrasseraient sur la bouche et dans le cou, renverseraient leurs verres sur la nappe, caresseraient ses jambes sous la table et s'esclafferaient devant le maître d'hôtel qui arborerait un air contraint. Ainsi, pendant toute la durée de son absence, ses pensionnaires se remémoreraient cette soirée et ils n'oublieraient pas leur hôtesse.

En montant l'escalier, Bernadette se prit les pieds dans un dictionnaire qui gisait en travers des marches. La couverture du volume était brûlée par endroits et il manquait des pages. Ce dictionnaire ne lui appartenait pas. En le feuilletant, elle s'arrêta à la lettre *E*; une photographie marquait la page qui commençait par le mot équanimité. Elle représentait un homme jeune, mince et brun. L'homme ne souriait pas. Au contraire, il avait la bouche pincée, mais la douceur de son regard démentait l'air de contrariété qui se lisait sur ses lèvres. Le torse nu, il avait enroulé une sorte de drap de bain autour de sa taille. Ses cheveux étaient bouclés et ses yeux légèrement proéminents. Il était beau. Pourtant, la photo avait été prise par un amateur maladroit, elle était floue et mal cadrée. Qui était cet homme? S'agissait-il du «parrain»? En ce cas, il ne paraissait guère plus âgé que ses «filleuls», mais peut-être avait-il vieilli depuis? Et pourquoi la photographie avait-elle été glissée entre les pages de ce dictionnaire? Était-ce Gabriel Langevin qui, tel le Petit Poucet, avait semé ce caillou sur son chemin?

La robe neuve était toute chiffonnée. Quelqu'un – quelqu'une, plus vraisemblablement – l'avait essayée. Elle pendait comme une guenille en travers de la psyché. Au moment de la passer, Bernadette tressaillit. Elle s'approcha de la fenêtre entrouverte. Une clameur blanche descendait du ciel. Les outardes étaient de retour. Après une halte d'un jour ou deux, elles s'envoleraient vers le sud. Enfilant sa robe à la hâte, Bernadette se précipita dans l'escalier.

Ô plages crépusculaires
Quel est ce muet besoin
De chaque fois nier
Parmi le labyrinthe des archipels
La douceur de l'oubli.

ALAIN GRANDBOIS,
Rivages de l'homme

Le héron Lolo festoie, il bouffe une petite souris qu'il a découverte dans une poche de farine de maïs. Cela le change de son ordinaire composé de crabes, de calmars et de poissons frais, de *chips con salsa*, de bananes frites et d'autres friandises du même genre que son long bec glane jusque sous les pieds des convives du Las Rocas. Lolo est heureux, car, après tout ce temps, Raúl, son maître, est enfin revenu. Mais, je vous en prie! n'en dites rien à la chatte Aurore, de peur qu'elle ne s'illusionne ou n'en conçoive quelque dépit.

Quant à moi, j'ai repris mon train-train habituel. Pendant trois mois, j'ai maintenu tant bien que mal le Las Rocas en état, mais, depuis le retour de Raúl, je ne suis plus responsable de rien, si ce n'est de ma propre existence, qui se poursuit vaille que vaille.

En fin de journée, je donne un coup de main à la

cuisine et, le reste du temps, je sors. J'emporte de l'eau, des fruits, les livres que m'a légués Carlotta en partant, un stylo, du papier et mon magnétophone qui, enfin réparé, fonctionne à merveille. C'est Raúl qui me l'a ramené du continent en même temps qu'une dizaine de cassettes vierges. Aussi ai-je recommencé à enregistrer et à effacer mon lot de bêtises quotidiennes. Certains jours, je préfère écrire. Mais, là encore, je biffe, je jette, et, poussé par je ne sais trop quelle nécessité, je continue à noircir du papier.

Je nage aussi. Des heures durant, je baigne le résidu de ma peine dans l'eau de la mer. C'est un traitement qui, à la longue, s'avère efficace. Les abcès se vident, les plaies se cicatrisent et les souvenirs se volatilisent.

Je pense encore à vous, mais rarement. Cela se produit au hasard de mes promenades – presque accidentellement. Je marche le long d'un sentier et, tout à coup, je tombe en arrêt, surpris par quelque phénomène naturel. L'autre jour, par exemple, j'ai observé le manège d'un couple de sternes qui, perchées sur la tête d'un pélican, capturaient à toute vitesse les poissons qui s'échappaient de la poche du grand oiseau. La sterne n'est ni plus ni moins que le pickpocket du pélican! Ce comportement étonne encore les zoologistes, mais, en ce qui me concerne, il me donne plutôt une impression de déjà vu. Chaque couple de sternes a «son» pélican: il l'adopte et se nourrit essentiellement à ses dépens. Les pélicans eux-mêmes ne sont pas en reste, car, souvent, ils se regroupent en bande et tentent de dérober sa proie à une otarie qui revient de la pêche. Il en va de même avec les moqueurs jacassants qui imitent le cri des femelles des autres espèces et s'emparent de leurs œufs; ces tout petits oiseaux ne reculent devant rien, pas même devant la coquille d'un gros œuf d'albatros qu'ils finissent par percer en se mettant à plusieurs. Les frégates, dont les plumes ne supportent pas l'eau salée, ont les mêmes manières sans-gêne de pique-assiette et, d'un coup de bec, elles arrachent leurs proies aux fous et les gobent.

Ainsi sont-ce les oiseaux qui, le plus souvent, me font souvenir de vous. Alors, pour oublier, j'entre dans la mer.

Au sortir de l'eau, mon esprit est lavé, poli, nu comme une coulée de lave qui, jaillie de la *bocca* du volcan, chemine vers l'océan.

Quant à mon corps, il est en pleine mutation. La mer, ici, a une haute teneur en sel et, pendant la saison sèche, le soleil brûle de l'aurore au crépuscule. Je vis en Équateur, souvenez-vous. Ma peau est tannée, craquelée, parcheminée. Pensez à un gant de cuir élimé, ou à une botte malmenée par un hiver difficile. Affreux! n'est-ce pas? J'ai trente ans, mais j'en parais dix de plus. Curieusement, ce vieillissement prématuré ne m'afflige pas. J'ai découvert qu'en réalité c'est une tout autre chose qu'il m'arrive. Je mue. Je me dépouille de mon ancienne peau. Avec mes ongles qui sont devenus très durs, j'arrache les chairs mortes qui tombent par lambeaux. Jour après jour, je perds l'une ou l'autre de ces lamelles squameuses qui, en s'accumulant, avaient formé une carapace sous laquelle mon passé, enfoui, se putréfiait.

C'est ainsi que j'ai perdu jusqu'au souvenir de vos noms. Du jour où je vous ai quittés, je ne me suis plus adressé qu'à ce «vous» louvoyant sans cesse entre le singulier et le pluriel. Le vouvoiement s'est imposé d'emblée. Si, là-bas, chacun de vous conservait une part minime mais indubitable de son individualité, ici, vous avez eu tôt fait de la perdre et de ne former qu'une créature unique. Au début, j'imaginais une sorte de monstre hybride, bicéphale, doté de membres multiples qui, parfois, m'apparaissait en rêve et m'enserrait amoureusement jusqu'à ce que, le souffle coupé, je m'éveille en ahanant.

Ces images ont disparu d'elles-mêmes. J'ai cessé de rêver. Ne vous en avais-je pas prévenu dans une lettre qui, je crois, date de quelques mois?

Même à l'état de veille, mon champ de vision est très restreint. Il se limite à ce qui m'entoure immédiatement. Au-delà, je vois flou.

Avant, mon regard portait plus loin que la mer, il se tournait sans cesse vers cet autre monde où vous continuiez d'exister, rêvassant sur vos coussins, maltraitant la chatte Aurore, séduisant des inconnus.

Maintenant, je ne perçois plus guère que ce qui se presse à mes pieds, se hisse sur mon dos, rampe sous mon ventre, se pose sur mon épaule ou plane au-dessus de ma tête.

C'est mon œil droit qui est le plus atteint. Le soleil de l'équateur l'a brûlé.

Lolo rôde aux alentours du bassin d'eau salée où ondulent les iguanes marins. Il fait nuit et la noirceur est une gaze légère qui panse mon œil malade.

Depuis le milieu du monde où j'ai trouvé asile, je vous interpelle une fois encore. Il y avait longtemps que je ne m'étais ainsi adressé à vous.

La dernière fois, j'ai eu du mal à m'en remettre. Vous rejouiez sans cesse la grande scène du paravent; j'étais si bouleversé que je récitais mon texte par cœur en butant sur chaque mot. J'avais juré de ne jamais recommencer. Mais la saison sèche qui s'achève m'a transformé. Mes souvenirs ne sont plus que débris calcinés. Ainsi me suis-je peu à peu délivré du mal que je vous ai fait en vous abandonnant.

Pendant combien de temps encore vous entretiendrai-je de moi, des êtres et des choses qui m'environnent?

Je crains que le jour ne vienne où je me tairai à jamais.

Le saviez-vous? Carlotta s'en est allée le mois dernier, emportant avec elle ses flacons de crème solaire, ses élans d'amour et ses récits de guerre. Elle est rentrée en Angleterre. Elle m'a proposé de l'accompagner. J'ai refusé. Elle n'a pas insisté. En partant, elle m'a laissé une partie de sa bibliothèque: cinq ou six livres de sciences naturelles et des copies de ses traductions et de ses notes sur Pinta.

J'aimais bien Carlotta. Quand je pense à elle, je l'imagine, rédigeant son mémoire sur les tortues et prenant plaisir à le faire. Je fabule un peu. J'invente une Carlotta délivrée de son mal; elle a oublié ce colonel de malheur qui, la veille de son départ, ressurgissait encore dans son sommeil. Je souhaite qu'elle ne se souvienne pas davantage de moi.

Je l'ai accompagnée jusqu'au port. Quand le bateau s'est éloigné, elle était debout sur le pont et elle faisait des moulinets avec ses bras. Moi, j'étais assis au bout du quai et j'avais l'esprit brouillé. Je pensais à Carlotta, mais aussi à vous, à moi, à mon départ prochain, que j'appréhende. Je sais maintenant que mon temps est compté. Raúl m'a prévenu: à l'expiration de mon visa, il me sera impossible de le renouveler une ènième fois.

Dites-moi: comment réintégrerai-je ce monde ancien qui m'est devenu étranger? Pour éviter l'expulsion, je suis prêt à tout. Je m'enfuirai s'il le faut; je me cacherai sur une île déserte. Carlotta m'a laissé une carte très détaillée de l'archipel. Je l'ai bien regardée et, le moment venu, j'aurai l'embarras du choix: l'archipel des Galapagos compte dix-neuf îles – dont cinq seulement sont habitées – quarante-deux îlots et vingt-six rochers.

En attendant, je fraie avec des créatures de toutes espèces. Je vais, je viens, je parle avec les bêtes. Personne ne se soucie de mes faits et gestes, pas même Raúl qui, gai comme un pinson, ne dit mot, tout occupé qu'il est à ressasser le souvenir d'une aventure galante qu'il a eue sur le continent avec un jeune mulâtre de la côte dont il assure qu'il a «la beauté du diable». Il sifflote toute la journée, passe des heures au téléphone, envoie de substantiels mandats au beau *moreno* qui, paraît-il, n'a pas de quoi se payer le voyage jusqu'aux îles. Il l'attend. Je crains que le jeune homme ne se contente d'encaisser les mandats et que Raúl ne l'attende en vain, mais je m'abstiens d'intervenir dans cette histoire qui ne me regarde pas.

Ici, chacun est libre de faire ce qui lui plaît. Et nul ne s'inquiète de ce que certains, tel le vieux Fichot, aient opté pour la vie sauvage.

Chez nous, souvenez-vous, il n'en allait pas toujours de même. Nos gestes étaient sans cesse pesés, commentés, évalués. Aux yeux des amis, des collègues, des voisins, nous avions toujours quelque compte à rendre. Nous les évitions, fuyions leur sollicitude indiscrète. Nous n'avions rien à dire à ces raisonneurs bien intentionnés qui faisaient un sort à nos amours. Nous étions trois et, de l'avis général, l'un de nous était forcément floué. Les choses n'étaient pas aussi simples, ou peut-être l'étaient-elles beaucoup plus. Nous ne nous en préoccupions pas. À vivre de la sorte, nous étions heureux ou malheureux, mais nous l'étions follement!

Vous étonnerez-vous de ce que, au hasard de mes pérégrinations dans l'archipel, j'aie parfois le sentiment de remonter le cours du temps? J'observe les rares végétaux qui poussent dans les champs de lave, les iguanes géants qui, caparaçonnés d'écailles, se chauffent au soleil. Ici, le monde paraît encore gouverné par les reptiles. Un jour, je deviendrai l'un des leurs. Alors, nul ne songera plus à me chasser de ma terre d'asile.

Sans doute suis-je une sorte de mutant qui s'adapte tant bien que mal à son milieu. Car, c'est bien de cela qu'il s'agit, d'une lente, patiente et profonde mutation, non de quelque phénomène mythique ou palingénésique.

Jusqu'où cela me mènera-t-il? Je l'ignore. Au commencement du monde, rien n'est encore achevé.

Cette lettre diffère un peu de celles qui l'ont précédée. Je vous écris à bâtons rompus. Il m'arrive de m'interrompre pendant des jours. Je ne prends même plus la peine de vous le signaler.

Je vous ai déjà parlé de cette habitude que j'ai de me relire et de me détruire par la suite. Eh bien, sachez qu'elle s'aggrave et qu'elle confine à la manie. Je prends des notes que j'enregistre, j'écoute la bande, je soupire, je retranscris, je soupire encore, j'enregistre de nouveau. Cela forme d'épaisses strates de mots qui se superposent les unes pardessus les autres. La bande défile et je m'égare souvent au détour d'une phrase. Je n'écris pas dans un carnet de notes, mais sur des feuilles volantes que, parfois, le vent dissémine au travers des îles.

Tout s'emmêle. Je ne sais plus si c'est à vous, à Carlotta, ou à moi-même que mes lambeaux de discours s'adressent. Peut-être cela revient-il au même?

Vous souvenez-vous de Jules Fichot à qui j'ai fait allusion l'autre jour en affirmant qu'il vivait comme un sauvage et que nul, ici, ne s'en formalisait? Depuis une semaine environ, il séjourne au Las Rocas. Il semble qu'il soit très gravement malade.

C'est Raúl qui, inquiet de la santé du vieux, lui a proposé de l'héberger dans l'espoir qu'il consente enfin à voir un médecin. Il lui a donné sa chambre. Lui, il dort en bas, sur un lit pliant qu'il a installé dans la petite pièce attenante au bar. Comment se débrouillera-t-il, advenant la visite du beau *moreno*?

La fenêtre de la chambre où loge Fichot donne sur la mer. Par temps clair, l'île de Santa Fé émerge à l'horizon.

C'est sur cette île qu'habitent les iguanes géants que le peintre animalier a immortalisés dans son œuvre.

La clinique de Puerto Ayora est située en retrait du village, à quelques pas d'ici, et, le jour même de son arrivée, Fichot subissait un examen médical complet. Le docteur Carvalho n'est pas très optimiste: il parle de scanner, de chimiothérapie, de l'hôpital américain de Quito, de longue convalescence, de rapatriement éventuel en France. Mais le vieux ne veut rien entendre.

Fichot est très têtu. Il ne voulait pas venir s'installer à Puerto Ayora, même temporairement. Ce sont ses voisins, les Heider, qui se sont aperçus les premiers de la gravité de son état. Profitant de ce qu'ils avaient à faire à Puerto Ayora, ils ont donné l'alerte. Raúl et le docteur Carvalho sont aussitôt intervenus. Par l'entremise de la famille Heider, ils ont envoyé un message à Fichot, l'enjoignant de quitter au plus tôt l'île de Floreana. Naturellement, ce dernier a refusé.

La rumeur, propagée par les gens de passage que les Heider hébergent à l'occasion, disait que le bonhomme avait juré de ne plus jamais sortir de sa tanière – une habitation plus ou moins confortable qui date de son arrivée dans l'archipel. À l'époque, Fichot en avait dessiné lui-même les plans et le grand-père Heider l'avait aidé à la construire. Perchée au sommet d'un cap difficilement abordable, la maison est très isolée. L'île de Floreana ne compte en tout qu'une vingtaine d'habitants.

Finalement, Raúl a pris les grands moyens: il a envoyé une vedette quérir le malade dans son ermitage et les fils Heider l'ont forcé à s'embarquer.

Je n'avais pas revu le vieux depuis son dernier passage à Puerto Ayora. Cela remonte à plus d'une année déjà. Si ma mémoire est bonne, la saison des pluies venait alors tout juste de commencer. À cette époque-là, il était déjà malade, et je me souviens que Carlotta ne donnait pas cher de sa peau. Aussi m'attendais-je au pire, mais, quand j'ai vu arriver le bonhomme, le visage couvert de pustules et les jambes flageolantes, j'ai tout de même eu un sacré choc.

«Nom de Dieu!» s'est-il exclamé en entrant dans le bar. Brandissant sa canne en direction des bouteilles alignées derrière le comptoir, il a perdu l'équilibre et, n'eût été de Raúl qui le soutenait, il serait tombé.

D'après le capitaine, la traversée avait été plutôt houleuse. Fichot avait combattu la nausée en buvant grog sur grog et en invectivant le ciel et la mer.

Quant à moi, je suis devenu sage. Il y a des mois que je n'ai pas bu une goutte d'alcool et que j'ai cessé de courir d'une île à l'autre.

J'ai vérifié: mon visa expire en juillet. Je n'en ai plus que pour deux mois.

Fichot a le teint cendreux, les yeux injectés et, sur le sommet du crâne, une sorte de chancre putrescent qui bourgeonne au milieu des rares cheveux qu'il lui reste.

Cette dernière particularité est très intrigante. Plus je l'observe, plus elle m'intéresse. Dès que le vieux retire son panama, je braque mon regard sur ce bourgeon qui, dirait-on, est sur le point d'éclore. Comme ma vision est mauvaise, je prends prétexte du panama et, en en recoiffant le vieux, j'effleure comme par mégarde l'énigmatique protubérance.

Je reviens sur ce que j'ai affirmé hier à propos de la date de ma rencontre avec Fichot. J'ai réfléchi, mais j'avoue que j'ignore à quand remonte au juste cet événement. Contrairement à ce que j'ai écrit, je ne suis pas certain que la dernière visite du vieux ait coïncidé avec mon arrivée dans l'archipel. Peut-être a-t-elle eu lieu en août ou en septembre?

En vérité, j'ai l'impression que je vis ici depuis des années, voire depuis des siècles.

Peut-être seriez-vous mieux à même de découvrir ce qu'il en est de ce temps qui va, vient, et se perd en chemin? Mais j'en doute, car vous-mêmes avez toujours vécu en marge du temps, confondant le jour avec la nuit, l'été avec l'hiver, et les années avec les années.

Au fil des jours et des saisons, mes humeurs ne varient guère. Je continue de parler, de me contredire, de vous aimer, de ne plus vous aimer – et de ne pas le supporter.

Le climat équatorial est toujours le même, quelle que soit la saison. Sous ses latitudes, toute distinction entre le nord et le sud s'abolit. Ainsi les oiseaux tropicaux cohabitent-ils avec les manchots qui, depuis les confins glacés de l'Antarctique, se sont aventurés jusque dans l'archipel et établis dans les eaux froides du détroit de Bolivar, où passe le courant de Humboldt.

Au milieu du monde, il semble parfois que toutes choses se confondent et deviennent égales.

S'il continue à boire son litre de rhum quotidien et à se nourrir exclusivement de fromage de brebis, j'ai bien peur que le vieux dragon, qui fulmine sans arrêt contre les interdictions du docteur Carvalho, ne s'éteigne avant longtemps.

Jules ne quitte plus le lit. Sa chambre jouxte la mienne et je lui rends souvent visite. Certains jours, je m'attarde un peu. J'essaie de le distraire en lui faisant la lecture. Hier, je lui ai lu des extraits des notes de Carlotta sur Pinta. Jusqu'à maintenant, c'est ce qui semble l'intéresser le plus. Il hoche la tête, fait des commentaires, dit qu'il se souvient de ce jour de l'année 1971 où une équipe de chercheurs de la station Darwin a capturé le gros mâle solitaire qui, depuis un nombre indéterminé d'années, vivait sur son île dévastée par les chèvres en tournant inlassablement en rond en quête de nourriture.

Maintenant que son univers se réduit au périmètre de son enclos, Pinta mange à sa faim, mais il ne cherche plus de partenaire. Il sait qu'il ne trouvera pas.

Carlotta était très attachée à lui.

Ainsi nous éloignons-nous souvent de ce que nous aimons le plus.

Jules m'a demandé de suspendre au mur de sa chambre un dessin de Virginie, sa petite-fille. De tous ceux qu'elle lui a envoyés, c'est celui qu'il préfère, assure-t-il. La petite avait seize ans quand elle l'a fait. Son dessin représente un fou à pattes rouges qui prend son envol. Cette espèce de fou ne se rencontre que sur de petites îles, situées à la périphérie de l'archipel. C'est un oiseau qui a le corps brun, les pattes rouge vif et le bec bleu clair. Bien que de taille moins élancée que les autres fous, son vol est très gracieux.

Virginie a du talent. Elle s'est inspirée d'un dessin de son grand-père qu'elle a adapté à sa façon. Son fou a quelque chose de surréaliste. Il est fait de taches de gouache étalées à la main. Ces taches sont disposées de telle sorte que la moitié droite du corps de l'oiseau est rouge et la gauche bleue. L'effet est saisissant. Le fou semble écartelé. Sa silhouette est trapue, son bec démesurément pointu, sa panse énorme, mais ses pattes, larges et palmées, sont représentées de manière plus réaliste.

J'ai dit à Fichot que le fou de Virginie me faisait penser au personnage d'un film de Godard. Mais, comme vous, le vieux n'a pas vu *Pierrot le Fou*. Virginie non plus, j'imagine. Rassurez-vous: je ne vais pas me mettre à vous raconter l'histoire de ce film.

Saviez-vous que le nom des fous vient de ce que ces oiseaux sont assez sots pour ne pas se méfier des humains? À l'époque de la navigation à voile, les marins, désœuvrés, tuaient le temps en les assommant à coups de bâton.

Le vieux est devenu presque aphone. De temps à autre, il crache un liquide brunâtre et grommelle un «Nom de Dieu!» à peine audible. Il m'a demandé de veiller à ce que sa petite-fille récupère son fou. Il désire aussi que ce soit elle qui hérite des derniers dessins qu'il a faits.

Je croyais qu'il avait cessé de peindre. Il m'a avoué que c'était lui qui avait fait volontairement courir ce bruit.

À la fin, il ne peignait plus que les champs de lave. Sa dernière toile est faite d'une variété de nuances d'ocre et de noir. Je l'ai vue. Elle est magnifique!

Je sors de la chambre de Jules. En me pressant la main, il m'a dit qu'il me léguait son panama.

J'ai fait une découverte stupéfiante concernant les iguanes terrestres. Afin que vous jugiez de la teneur de mes obsessions du moment, je vous cite un passage emprunté à l'un des livres que m'a laissés Carlotta.

«Comme beaucoup de reptiles, les iguanes terrestres gardent – si l'on observe leur squelette – la trace de l'œil pinéal, le troisième œil, au milieu du crâne. On pense qu'il s'agit d'un organe qui devait leur permettre, autrefois, de déterminer la température idéale pour pondre leurs œufs. En effet, il semble que ces bêtes aient des difficultés pour savoir quelle est la saison la plus favorable pour la ponte. Elles ont besoin d'être informées sur la bonne température. On pense que la chaleur du soleil agissant sur ce troisième œil, à une certaine époque de l'année, mettait en route le processus sexuel du développement des germes à l'intérieur de la femelle, qui allait ensuite pondre ses œufs*.»

En apprenant cela, j'ai pensé au chancre purulent qui bourgeonne au sommet du crâne de Fichot. Aurais-je trouvé là l'explication de la fascination que cette excroissance exerce sur moi? Le docteur Carvalho l'attribue au cancer de la peau, mais, moi qui l'observe quotidiennement, j'ai remarqué que, tant par sa forme ovoïde que par sa couleur soufrée, elle diffère des autres tumeurs furonculeuses qui ont proliféré sur le visage et le corps du vieux. S'agirait-il d'une espèce de bourgeon d'œil qui, quand il arrivera à maturation, éclora?

Au terme de ce processus de germination, le vieux sera doté d'un troisième œil avec lequel il regardera le soleil en face. Il sera alors «achevé», dans tous les sens du terme.

«Quelles sornettes!», vous exclamez-vous en ricanant. Je divague, je sais, mais, rassurez-vous, j'ai peine à croire à mon propre charabia.

Jusqu'à maintenant, je pensais que le troisième œil était un mythe appartenant à une quelconque tradition ésotérique – bouddhique, d'après le docteur Carvalho à qui j'ai parlé de ma découverte –, déformée par des Occidentaux en mal d'orientalisme. Or, il semblerait que ce mythe ait un fondement réel, si l'on se fie du moins à certaines observations faites sur les squelettes des reptiles.

---

* *Caméra au poing, aux îles Galapagos,* Christian Zuber, éditions Flammarion.

Mais sans doute avez-vous raison et rien de tout cela n'est-il bien sérieux. D'ailleurs, Carlotta m'avait elle-même mis en garde contre ce genre d'interprétations abusives de phénomènes encore inexpliqués. Personne ne sait au juste ce qu'il en est de cet orifice circulaire qui existe sur le crâne des reptiles. L'hypothèse thermique que propose l'auteur du livre est invérifiable. Carlotta m'avait averti que cet auteur péchait souvent par excès de vulgarisation. Si elle savait quel usage j'en fais, elle dirait comme vous que je divague.

Je divague, en effet. J'en suis là.

Voilà le genre de choses qui, désormais, m'occupe l'esprit.

Le cas Fichot est fichu! Jules ne reverra jamais son île de Floreana. Un avion militaire l'a ramené hier sur le continent. Depuis deux ou trois jours, le vieux était entré dans un état semi-comateux et le docteur Carvalho ne répondait plus de lui. C'est Raúl qui l'a accompagné à l'aéroport de Baltra. Je n'ai rien vu de tout cela. J'étais absent. Je l'avais fait exprès, car je ne supporte pas les départs.

En rentrant de l'île de Santa Fé, où j'avais passé l'après-midi à regarder les iguanes, je suis monté à la chambre de Jules. Le fou à pattes rouges de Virginie gisait par terre. Sans doute le brancard improvisé sur lequel on a transporté le malade aura-t-il accroché le dessin au passage.

Le panama traînait sur une chaise. Je me suis souvenu que Jules me l'avait légué. Lui, qui ne s'en séparait jamais, fera son dernier voyage tête nue.

J'ai regagné ma chambre en emportant le fou, le panama et la toile qui représente un champ de lave. Cette toile n'est pas que noire et ocre, ai-je remarqué en l'examinant attentivement: elle est parsemée de minuscules taches de couleur gris-vert figurant des *coldenia*, ces végétaux qui, les premiers, colonisent les laves.

Raúl, que le départ du vieux a chagriné plus qu'il ne veut le laisser paraître, affirme que le temps des Robinsons est révolu. «Avec Fichot, c'est toute une époque qui disparaît», dit-il. Dans tout l'archipel, ne demeurent plus en effet que les cinq membres de la famille Heider et deux ou trois vieillards d'origine belge et allemande qui, depuis l'ouverture du Parc et l'implantation de la station Darwin, ont été forcés d'adapter leur mode de vie aux exigences des scientifiques et aux allées et venues des touristes.

Fichot aura été le seul Robinson français des Galapagos. D'un jour à l'autre, il mourra dans un lit de l'hôpital américain de Quito. S'il regarde par la fenêtre de sa chambre, il ne verra pas la mer, mais de hautes montagnes qui lui donneront la sensation d'étouffer. Personne ne sera à ses côtés pour lui offrir un dernier verre de rhum.

Un soir de l'année dernière, il m'avait dit que, grâce à son litre de rhum quotidien, il vivrait au moins jusqu'à cent cinquante-deux ans, comme cette tortue adulte qu'un explorateur captura aux Seychelles en 1866 et qui périt – accidentellement! – en 1978.

Saviez-vous que les Seychelles et les Galapagos sont les seuls endroits du monde où survivent encore de petites colonies de tortues éléphantines ? Curieusement, ces deux archipels sont situés exactement aux antipodes.

Si, comme Fichot, j'avais immigré aux îles avant 1971, je serais en lieu sûr ici. Mais, hélas! je suis arrivé trop tard. Suis-je condamné à errer indéfiniment d'un archipel à l'autre, comme un forçat des mers? Pourtant, je n'irai pas mourir aux Seychelles ou aux Marquises. Je m'en tiendrai à mon territoire. Marchant au travers des ronces et des broussailles épineuses, je grimperai jusqu'aux cratères des volcans les plus élevés.

Raúl, qui ne sait rien de mes projets, m'a raconté que par le passé des marins aventureux ont perdu leur chemin dans ce labyrinthe de roches et que, privés d'eau douce, ils sont morts de soif. Tel est le seul danger réel que recèlent les jardins de l'enfer où je me terrerai à jamais.

Ainsi s'achève notre ultime entretien. Le moment est venu de mettre un terme à ces adieux prolongés. J'ai mis du temps à gommer le souvenir de vos yeux flous qui, tels des faisceaux de lumière, balayaient le brouillard de *garua* qui flotte au-dessus des îles. Maintenant, j'ai de fréquents éblouissements et, dans ces moments-là, tout s'obscurcit enfin.

Demain, je mettrai ma lettre à la poste, accompagnée de la cassette qui la complète. Êtes-vous anxieux d'apprendre ce qu'il est advenu de moi? Mais sans doute n'êtes-vous plus seuls désormais? Une personne que je ne connais pas s'est éprise de vos yeux flous et de vos corps nonchalants. Ne se trouve-t-il pas toujours de ces sortes de gens que la beauté juvénile ravit? Sans doute cette personne saura-t-elle vous aimer mieux que je n'ai su le faire. Dites-lui que je vous confie à elle. Je suis sûr qu'elle est bonne et aimante. N'ayez crainte: celle-là ne vous abandonnera pas.

La chatte Aurore veille sur le trio harmonieux que vous formez. Couchée sur le flanc, elle offre son ventre à la main étrangère qui caresse sa fourrure blanche, semée de poils corail. Elle commence à m'oublier un peu.

Sa jumelle brille dans la nuit équatoriale. Le jour où je m'en irai, c'est elle qui guidera mes pas.

En cette saison, le soleil se couchait très tard. Il disparaissait lentement derrière la grande île située en face de la maison de Bernadette. Un catamaran couleur citron faisait voile vers l'autre rive. Éclairées à contre-jour, ses coques jumelles viraient à l'orangé. Le vent était presque tombé et le voilier filait à petite allure, laissant derrière lui un sillage mordoré.

À l'extrême bout du quai, la chatte Aurore prenait le frais. Couchée sur le flanc, elle tournait le dos à la maison et ne bougeait pas plus qu'une pierre. Un observateur attentif l'eût crue morte ou endormie, mais sans doute n'était-elle qu'absorbée par la contemplation de son image qui se reflétait dans l'eau de la rivière. Le soleil embrasait son pelage blanc, strié de poils fauves.

C'était l'heure rose et, en prévision de la nuit qui venait, les oiseaux s'assemblaient le long des marécages couverts de joncs qui ceinturaient l'île.

Une barque se balançait au bout du quai. Rongée par la rouille, elle semblait en assez mauvais état. Visiblement, l'hiver avait été rigoureux et nul, depuis, ne s'était préoccupé de son entretien.

Malgré le dégel précoce de ce printemps-là, la pelouse n'avait pas encore été tondue. Par endroits, l'herbe était presque rase; les jeunes pousses étouffaient sous les feuilles sèches, le bois mort et les détritus de toutes sortes que la crue printanière avait charriés. Les immondices s'amoncelaient tout autour de la terrasse.

Un couple de jeunes gens reposait sur un grand drap de bain de couleur jaune qui s'harmonisait avec leurs maillots. Ils portaient des bandeaux blancs qui leur ceignaient le front et fumaient des cigarettes qu'ils éteignaient dans l'herbe jonchée de mégots. Plusieurs coussins de coton écru, deux peignoirs assortis au drap de bain – la poche de poitrine de l'un ornée d'un *A.* et l'autre d'un *M.* –, une pêche à demi entamée, une assiette contenant un reste de jambon et de tarte au citron, un carton de lait, des verres, un paquet de cigarettes vide et un autre plein, un briquet, une paire de jumelles, un tube de crème solaire, un walkman, des cassettes et divers magazines formaient autour des jeunes gens un cercle d'objets bigarrés.

Parfois, l'un d'eux élevait un bras véhément ou frappait le sol du pied avec impatience. Ils parlaient à voix basse, mais, à en juger par la façon animée dont ils discutaient, il semblait qu'ils ne fussent pas tout à fait du même avis. S'emparant tour à tour de la paire de jumelles dont ils se disputaient l'usage, ils observaient la lente progression du catamaran qui, maintenant, avait atteint la rive d'en face.

Un peu plus loin, sur une chaise longue installée à l'ombre d'un tremble, une femme aux cheveux roux feuilletait un livre dont la couverture représentait un iguane planté sur un bloc de lave. Le nez et les lèvres enduites d'une épaisse couche de crème de zinc, elle portait des espadrilles et un survêtement de coton léger. Les quelques centimètres de peau que le vêtement laissait à découvert témoignaient d'une enflure récente. De toute évidence, la rouquine ne supportait pas le soleil. De temps à autre, elle jetait un coup d'œil rapide au couple qui continuait de s'agiter dans l'herbe. Puis elle détournait rapidement la tête, se mouchait, s'essuyait les yeux, avalait une gorgée de citronnade et retournait à son livre en soupirant.

Sur la terrasse, la table n'avait pas encore été desservie. Attirées par le jambon, des guêpes bourdonnaient autour des assiettes. Une chatte léchait la motte de beurre qui avait fondu au soleil. Par moments, elle miaulait en direction de sa camarade Aurore qui venait de sauter dans la barque amarrée au bout du quai. Troublant le calme de cette fin de journée, chacun de ses miaulements sonores retentissait comme autant de cris d'alarme.

Le soleil achevait sa glissade silencieuse dans la rivière. Comme un essaim de vampires, des centaines de moustiques surgissaient de l'ombre et commençaient de sucer le sang des chats et des humains. Ces insectes étaient si voraces qu'ils enfonçaient leur dard jusque sous les vêtements.

Les jeunes gens avaient enfilé leur peignoir et ils s'apprêtaient à fuir à l'intérieur de la maison, laissant derrière eux les traces de leur après-midi dans l'herbe.

Nus devant la psyché de Bernadette, Alexis et Marianne mettaient au point le programme du lendemain qui, d'après le calendrier qu'ils avaient sous les yeux, serait le jour le plus long de l'année. Ce faisant, ils comparaient et admiraient leur bronzage.

À force de discussions, ils en étaient venus à un compromis qui les enchantait. En mettant le grappin sur les deux plaisanciers, ils innoveraient. Ce serait la première fois qu'ils s'attaqueraient à un couple. Jusqu'à maintenant, ils s'en étaient tenus aux célibataires (mâles ou femelles) que les chagrins d'amour et la solitude rendaient habituellement plus vulnérables. C'était ainsi que Bernadette, encore sous le coup de sa rupture avec ce benêt à lunettes dont ils avaient oublié le nom, avait été une proie particulièrement facile.

Cela faisait presque un mois qu'ils observaient à la jumelle les allées et venues du catamaran. Par mauvais temps, les plaisanciers revêtaient des cirés de marin. Sous le ciel gris, le jaune vif de leurs imperméables étincelait. Parfois, le voilier longeait le quai de si près que les lunettes d'approche devenaient inutiles.

Une fois, ils avaient croisé le couple en sortant de la pharmacie où ils achetaient leurs produits solaires, leurs magazines et leurs cigarettes. Ils avaient eu un choc en découvrant que les propriétaires du catamaran étaient beaucoup plus âgés qu'ils ne l'avaient imaginé. À vue de nez, ils avaient l'air d'avoir largement dépassé la quarantaine. Mais, malgré leur âge, ils ne manquaient pas de charme. L'homme leur avait tenu la porte et la femme les avait salués d'un sourire affable, comme s'ils avaient été de vieilles connaissances. Ces civilités avaient été suivies d'un échange d'œillades qui en avaient dit long sur les arrière-pensées des quatre clients de la pharmacie. À l'évidence, le couple s'intéressait à eux autant qu'ils s'intéressaient à lui.

Ils avaient longuement discuté de la stratégie à employer. Avec des quinquagénaires, ils s'aventuraient en terrain inconnu. Comment ces gens-là avaient-ils l'habitude de réagir? À cette interrogation fondamentale, s'ajoutaient mille autres questions portant sur une infinité de détails dont chacun avait son importance. Le couple avait-il des enfants? Dans ce cas, ils feraient face à un obstacle de taille. Les adolescents d'aujourd'hui étaient de véritables sangsues qui, souvent, collaient chez papa-maman jusqu'à un âge avancé. Peut-être auraient-ils fait de même eux aussi s'ils avaient eu la chance de tomber sur des parents convenables? Mais, côté famille, ils n'avaient pas été gâtés. Leurs parents étaient des gens économes et besogneux qui n'avaient aucune espèce d'intérêt. Seul le travail avait de l'importance à leurs yeux. Aussi avaient-ils été plus souvent qu'autrement confiés à la garde de leurs grands-parents. À tout prendre, cela n'avait pas été un mal. De ce passé familial somme toute assez banal, ne demeuraient plus aujourd'hui que le souvenir du grand-père de Rimouski, invalide mais toujours en verve, et celui de la grand-mère de Mont-Laurier, à demi aveugle mais encore capable de jouer au piano les airs de sa jeunesse.

Ces fanas de la voile passaient tout leur temps sur leur bateau. À la longue, ce devait être un peu lassant. Avaient-ils une autre occupation, étaient-ils en vacances, ou vivaient-ils déjà de leurs rentes? Ils semblaient ne jamais se quitter d'une semelle. Pourquoi étaient-ils toujours ensemble? Il n'y avait jamais d'invités à bord de leur catamaran. À la réflexion, ne se comportaient-ils pas comme un couple d'amoureux? Peut-être venaient-ils tout juste de se rencontrer? À cet âge-là, le coup de foudre était-il encore possible?

Pourtant, ils étaient certains de n'avoir pas mal interprété la scène qui s'était passée devant la porte de la pharmacie. Depuis ce jour-là, le voilier dérivait souvent en direction du quai de Bernadette. Comment se répartiraient-ils les rôles? Serait-ce Marianne qui séduirait l'homme dont la main libre avait un instant effleuré la sienne ou Alexis qui ferait la conquête de la femme au sourire enjôleur? Lequel des deux plaisanciers serait le plus vulnérable? Au cours de l'après-midi, ils étaient enfin sortis de ce dilemme. Au lieu de faire un choix, ils s'approprieraient les deux.

Cela prendrait le temps qu'il faudrait. Ils seraient patients. En attendant, Bernadette serait toujours là avec ses jambons et ses tartes au citron. Ils en avaient marre de bouffer. Avec les plaisanciers, ils retrouveraient la forme. Déjà, ils avaient le teint hâlé des adeptes de la voile. Depuis le début de l'été, ils prenaient bain de soleil sur bain de soleil. Si Gabriel les avait vus, il n'en aurait pas cru ses yeux. À son époque, ils étaient d'une pâleur exsangue qui, d'après lui, avivait l'éclat de leurs yeux noirs. Ce temps-là était révolu. Dorénavant, ils vivraient au grand air. Après tout, ils n'étaient pas des vampires condamnés à ne sortir que la nuit, mais de beaux jeunes gens en bonne santé qui se mouraient d'envie d'embarquer à bord du grand voilier jaune! À cause de toutes ces histoires concernant le soleil et ses méfaits, la mode n'était plus au bronzage. Mais, au fond, il n'était pas désagréable de nager à contre-courant.

Avec leurs yeux noirs et leur peau cuivrée, ils avaient l'air latin. Ils auraient pu facilement se prétendre sud-américains, argentins ou équatoriens comme le correspondant étranger de Gabriel. Pourquoi n'essaieraient-ils pas? Une origine étrangère ajouterait à leur charme. Les plaisanciers seraient vite conquis.

Le lendemain, la municipalité organisait des régates sur la rivière. Le catamaran participerait certainement à la course et, selon toute probabilité, il la gagnerait. Une soirée dansante clôturerait la journée. Bernadette était invitée; elle ne voulait pas y aller, mais ils la feraient changer d'avis en lui promettant de l'accompagner. Ce serait le moment ou jamais de passer à l'offensive. Grisés par leur victoire, les champions de la course ne demanderaient pas mieux que de capituler.

Où le couple habitait-il? Ils s'étaient enquis de la chose auprès de Bernadette, qui avait dit l'ignorer. Ils imaginaient quelque grand domaine s'étendant le long de la rive d'en face. Ils se voyaient déjà, nageant dans la piscine et envoyant la main à Bernadette qui se promènerait en barque sur la rivière. Peut-être le couple les inviterait-il à faire une croisière autour du monde? Le grand voilier aborderait dans des îles secrètes, peuplées d'animaux inconnus. Croiseraient-ils Gabriel – ce fugitif dont les allées et venues intriguaient tant leur hôtesse? Depuis qu'elle avait trouvé sa photo entre les pages d'un dictionnaire, Bernadette n'arrêtait pas de parler de lui. À plusieurs reprises, elle était retournée à l'appartement dont ils avaient conservé la clé, mais elle était chaque fois rentrée bredouille. Gabriel n'était pas revenu.

Le couple élu les emmènerait partout. Comme il ferait bon vivre auprès de ces gens qui les aimeraient! Ils avaient l'air si indulgents!

S'ils n'avaient découvert à temps l'existence de ce couple providentiel, ils auraient peut-être fini par rejoindre la cohorte des paumés du métro. Mais ce retour en arrière ne risquait guère de se produire. La fête du lendemain serait décisive. S'ils réussissaient, ils écriraient chacun une lettre – l'un au grand-père de Rimouski et l'autre à la grand-mère de Mont-Laurier. Il y avait longtemps qu'ils se promettaient de le faire, mais ils remettaient toujours cette corvée au lendemain.

Quant à cette bonne Bernadette, elle avait fait son temps. Prochainement, elle partirait encore en voyage d'affaires. Ils profiteraient de son absence pour mettre les voiles.

En feuilletant son livre sur les Galapagos, Bernadette se disait qu'elle entreprendrait bientôt un grand voyage qui, cette fois, la mènerait loin, bien plus loin que les Rocheuses. Peut-être irait-elle rejoindre le «parrain» qui avait semé entre les pages de son dictionnaire un gros caillou que ses «neveux» avaient négligé de ramasser?

Depuis qu'elle avait vu Gabriel Langevin en photo, elle était obsédée par sa disparition. Où était-il allé et pourquoi n'avait-il jamais donné le moindre signe de vie? De prime abord, Bernadette avait rejeté l'hypothèse du faux départ. Il n'était guère plausible en effet que le «parrain», caché quelque part en ville, n'eût pas encore cédé à la tentation de réapparaître, n'aurait-ce été que pour s'assurer du bien-être de la chatte Aurore que, d'après ses «neveux», il n'abandonnait jamais plus de quelques semaines. Après mûre réflexion, Bernadette avait acquis la certitude que Gabriel Langevin avait quitté le continent nord-américain. À force de s'interroger, elle avait fini par reconstituer l'itinéraire du voyageur. La photo avait été placée comme un signet entre deux pages de mots commençant par la lettre *E*. C'était là un indice qu'il importait de ne pas négliger. Parmi la dizaine de noms de lieux figurant sur ces deux pages, le mot Équateur avait tout de suite retenu l'attention de Bernadette. Le «parrain» n'avait certainement pas élu Equeurdreville, une commune de la banlieue de Cherbourg, ou Equihen-Plage, une station balnéaire du Pas-de-Calais, comme lieu de villégiature. Procédant par élimination, Bernadette avait finalement parié sur l'Équateur. Gabriel devait se trouver quelque part du côté de Quito ou de Guayaquil. Qu'est-ce qui avait bien pu l'attirer là et, surtout, retenir son intérêt aussi longtemps? Les plages? Elles n'avaient pourtant rien d'exceptionnel. Les Andes, les sites archéologiques incas? De ce point de vue, le Pérou était infiniment plus riche. La jungle amazonienne? Là encore, les pays voisins offraient bien davantage. Peut-être Gabriel était-il descendu jusqu'au Pérou ou au Brésil?

En mettant à profit les ressources de l'agence où elle travaillait, Bernadette avait fini par découvrir la clé de l'énigme. L'Équateur était un pays minuscule qui ne figurait pas sur la liste des «destinations soleil». Pourtant, il recelait un trésor qui méritait plus que le détour. Ce trésor, c'était l'archipel des Galapagos, l'un des parcs naturels les mieux protégés du monde, que seules quelques agences spécialisées proposaient à leur clientèle.

Bernadette avait fait enquête auprès des «neveux». Ces derniers avaient confirmé ses soupçons. De fait, Gabriel avait parlé des îles Galapagos à deux ou trois reprises; il avait même promis qu'un jour ils feraient tous les trois le voyage jusque-là, mais il n'avait pas tenu sa promesse; de plus, il connaissait quelqu'un qui habitait Quito, la capitale de l'Équateur. Les «neveux» avaient rapidement changé le sujet de la conversation: ils s'étaient mis à discuter de la course de voiliers, prévue pour le lendemain.

Bernadette ne comprenait pas pourquoi elle n'avait pas pensé plus tôt à cette destination qui, en réalité, n'était pas aussi difficilement accessible que la plupart des gens l'imaginaient. Elle-même avait confondu l'archipel des Galapagos avec l'île de Pâques qui n'appartenait pas à l'Équateur mais au Chili, et était située à des milliers de kilomètres de la côte sud-américaine.

Elle avait le pressentiment que Gabriel était victime de quelque mystérieux sortilège qui le retenait prisonnier des îles. Comment s'était-il débrouillé pour prolonger son séjour dans l'archipel au-delà des limites permises par les autorités équatoriennes? Chose certaine, il ne paraissait pas pressé de rentrer. Le «parrain» avait dû succomber au charme maléfique de ces «jardins de l'enfer».

Impressionnée par l'expression de Darwin, Bernadette tournait les pages de son livre et imaginait le fugitif, errant au milieu des champs de lave et adressant à la faune qui grouillait autour de lui de vains appels au secours. Emportée par son imagination, elle entendait la voix de Gabriel qui, depuis le milieu du monde, l'interpellait. Elle déraisonnait. Gabriel Langevin n'avait jamais entendu parler d'elle. Il ne connaissait même pas son nom. Pourquoi se serait-il adressé à elle? Mais elle avait beau se dire qu'elle n'avait aucune raison de se soucier de cet inconnu qui vagabondait de par le monde, l'hallucination persistait. Qu'avait-elle à délirer ainsi? Était-ce l'effet du soleil ou de ce satané rhume d'été dont elle n'arrivait pas à se débarrasser? Avait-elle en plus attrapé une insolation?

Bernadette se sentait fébrile. N'était-ce pas dans ces moments-là que les grandes décisions se prenaient? La sienne était prise: elle partirait à la recherche du «parrain» et elle le libérerait de sa prison de lave. En aurait-elle la force? Ne deviendrait-elle pas captive à son tour de ces îles enchantées? Cette perspective l'inquiétait un peu, mais elle ne l'empêcherait pas de partir. C'était la seule chose à faire. Les images du livre que Bernadette avait sous les yeux avaient achevé de la convaincre. Les iguanes, en particulier, la fascinaient. Elle ne savait pas pourquoi.

Bien que détestant s'apitoyer sur elle-même, Bernadette se surprenait de plus en plus souvent à le faire. Le dépaysement l'aiderait à corriger cette mauvaise habitude. Là-bas, elle oublierait: elle les oublierait, eux, et, surtout, elle s'oublierait elle-même. Sans doute se berçait-elle d'illusions, mais l'expérience valait quand même la peine d'être tentée. Peut-être arriverait-elle à se défaire enfin de l'emprise qu'ils exerçaient sur elle? Si elle rencontrait Gabriel, elle ferait face à un interlocuteur valable. Elle avait besoin de parler de ses «pensionnaires» – en son for intérieur, c'était ainsi qu'elle les avait surnommés – avec quelqu'un qui les avait connus. Ils vivaient dans un monde clos auquel elle n'aurait jamais accès. Tels des pirahnas, ils l'avaient dévorée et laissée exsangue. Bernadette mettrait fin à ce carnage pendant qu'elle avait encore un peu d'énergie.

Jusqu'où ce voyage la mènerait-elle? Elle l'ignorait, mais elle savait qu'il débuterait par les Galapagos. Elle visiterait d'abord l'île de Santa Cruz où était situé le village de Puerto Ayora; d'après les renseignements qu'elle avait pris, c'était là qu'habitaient la plupart des étrangers de passage. Même si Gabriel n'était plus à Puerto Ayora, elle réussirait certainement à apprendre quelque chose sur lui. La photo dont elle disposait l'aiderait dans ses recherches. S'il le fallait, elle était prête à faire le tour des îles, les unes après les autres.

Elle partirait au début de ses vacances qui commençaient dans une quinzaine de jours. L'agence lui avait accordé les semaines supplémentaires qu'elle avait exigées. Bernadette avait été elle-même stupéfaite de s'entendre menacer ses patrons de démissionner. Ne lui avaient-ils pas plusieurs fois suggéré de le faire? Ils ignoraient tout de ses projets. Par une sorte de réflexe protecteur, elle leur avait annoncé son départ en prétextant un voyage d'affaires.

Il n'était pas dit qu'elle ne prolongerait pas ses vacances au-delà des six semaines prévues. Quand elle reviendrait, ils auraient peut-être décidé de prendre le large à leur tour. Car, aussi ridicule que cela pût paraître, elle était incapable de les mettre à la porte.

Ils avaient passé l'hiver à traîner d'une pièce à l'autre de la maison comme des âmes en peine. Elle n'avait pas réussi à leur insuffler le moindre atome d'énergie. Mais, depuis le dégel, ils étaient un peu plus actifs; ils allaient souvent rôder du côté du port de plaisance et, chaque fois, ils en revenaient dans un état de grande excitation. Bernadette ignorait pourquoi. Quand il faisait beau, ils prenaient du soleil; ils regardaient avec beaucoup d'intérêt les voiliers qui passaient sur la rivière et faisaient toutes sortes de commentaires à leur sujet.

Bernadette savait que ce regain de vie n'était pas dû à son influence. Il y avait longtemps qu'ils ne s'intéressaient plus à elle. Visiblement, ils manigançaient quelque chose, mais elle préférait ne pas savoir de quoi il s'agissait.

En partant, elle laisserait la maison dans l'état d'abandon où elle se trouvait présentement. Le ménage n'avait pas été fait depuis des semaines, la vaisselle sale s'accumulait dans l'évier, les coussins du salon étaient maculés de taches d'huile solaire et les draps du lit avaient grand besoin d'être changés.

Son livre sur les genoux, Bernadette regardait autour d'elle. Le désordre qui régnait partout était consternant. Le jardin avait l'air d'un terrain vague. Comment avait-elle pu négliger son entretien à ce point? En cette saison, d'habitude, elle n'aimait rien tant que s'occuper de ses arbres et de son potager. Elle n'était plus la même! À la vérité, elle était devenue aussi fainéante que ses pensionnaires.

Là-bas, aux îles, elle reprendrait goût à la vie. Son rhume d'été guérirait et, graduellement, sa peau s'habituerait au soleil. Elle perdrait du poids. Elle ne penserait plus à eux – à moins qu'ils ne trouvent le moyen de continuer de la harceler jusque-là. Elle les avait aimés. Parfois, elle se disait qu'elle les aimait encore. Mais la vie était intenable avec eux. Le serait-elle autant, loin d'eux?

Comment se débrouilleraient-ils sans elle? Sauraient-ils prendre soin des chattes? Elle n'était pas encore partie que, déjà, elle se faisait du souci.

Sur la terrasse, Mascara flairait les assiettes vides. Quant à la chatte Aurore, Bernadette ne la voyait nulle part. Elle était sans doute à l'intérieur de la maison avec les pensionnaires.

Bernadette irait les rejoindre. La nuit était tombée depuis un bon moment déjà et les moustiques se faisaient de plus en plus voraces et nombreux. Chemin faisant, elle ferait l'effort de ramasser quelques-unes des affaires qu'ils avaient laissées traîner dans l'herbe. Elle avait la tête lourde, les jambes enflées, le nez coulant et les yeux larmoyants. Au fond, c'était sa faute si elle était aussi mal en point: elle avait négligé de se soigner à temps et, le jour précédent, elle s'était exposée au soleil sans prendre les précautions nécessaires. En plus, elle était incapable de résister à l'envie de gratter au sang ses piqûres de moustiques. De sa vie, elle ne s'était sentie aussi misérable! Elle avait besoin de prendre un bain, de s'enduire le corps de crème décongestionnante et de dormir longtemps. Demain, elle commencerait à songer sérieusement au départ.

Aux Galapagos, elle guérirait. Le voyage lui changerait les idées. Les îles n'étaient-elles pas peuplées de toutes sortes de bêtes qu'elle n'avait jamais vues? L'auteur du livre assurait que peu d'entre elles étaient farouches et qu'aucune n'était dangereuse. Il prenait même la peine de préciser qu'il n'y avait pas de moustiques.

❑

La barque dérivait doucement au fil de l'eau. À cette heure, il n'y avait pas d'autres embarcations sur la rivière.

Au début, la chatte Aurore ne s'était pas rendu compte de ce qui lui arrivait. Elle s'asseyait souvent dans la barque qui, d'ordinaire, était amarrée à l'un des pieux qui soutenaient le quai. Parfois, une vague un peu plus forte que les autres l'éclaboussait et la chatte Aurore, qui détestait l'eau, se réfugiait sous l'une des banquettes. Mais, aujourd'hui, la rivière était tranquille comme un lac.

Assise sur la banquette du milieu, la chatte Aurore avait regardé le soleil se coucher derrière la grande île. Ce spectacle l'émouvait toujours. Dans ces moments-là, elle pensait à son Bien-Aimé. Bercée par son souvenir, elle avait fini par s'endormir à moitié. Elle avait fait un rêve. D'habitude, ses rêves l'emmenaient à l'autre bout du monde où l'attendait le Bien-Aimé, mais celui d'aujourd'hui l'avait ramenée dans le décor familier de sa petite enfance.

La scène se passait de nuit. À cette époque-là, les lézards n'existaient pas encore, le Bien-Aimé vivait seul dans son appartement et, elle, la chatte Aurore n'était qu'un tout petit chaton qui pleurnichait dans son panier d'osier. Elle avait froid, elle avait peur et, surtout, elle avait énormément de chagrin. Elle pensait à sa mère qui devait la chercher partout. Alerté par ses cris, le Bien-Aimé s'était approché d'elle. Elle se méfiait de lui. N'était-ce pas lui qui, le jour précédent, l'avait enlevée au giron maternel? Maintenant, son ravisseur la caressait en murmurant à son oreille des paroles dont elle ne comprenait pas le sens. Jusque-là, elle n'avait jamais véritablement prêté attention au langage humain. Visiblement, l'inconnu cherchait à l'amadouer. Sa voix était mélodieuse. Il parlait lentement et prononçait distinctement les sons. À force de les entendre répéter, quatre de ces sons avaient fini par former une suite intelligible: O-r-o-r, martelait le Bien-Aimé en la regardant droit dans les yeux. C'était ainsi qu'elle avait appris son nom. Par la suite, elle avait progressé très rapidement. En quelques semaines, elle était devenue bilingue. Elle continuait de s'exprimer exclusivement dans sa langue maternelle, mais elle comprenait tout ce que lui disait le Bien-Aimé. Cette nuit-là, elle et lui avaient entamé un dialogue amoureux qui avait duré près de dix années.

À la barre du jour, il l'avait prise dans ses bras et emmenée dans son lit. Au bout d'un moment, elle avait fourré sa tête sous son aisselle – là où c'était tiède et duveteux. Elle s'était endormie en ronronnant comme un bébé. À son réveil, elle avait eu la surprise de découvrir qu'un étranger dormait à côté d'elle. Comment s'appelait-il déjà? Elle n'en savait rien. S'il le lui avait dit, elle ne l'avait pas retenu. Mais cela n'avait pas d'importance. N'était-il pas son Bien-Aimé? En son for intérieur, c'était ainsi qu'elle l'avait baptisé.

Le rêve avait pris fin quand la barque avait heurté un rocher à fleur d'eau. En ouvrant les yeux, la chatte Aurore avait été stupéfaite. Était-ce le rêve qui se poursuivait? Le quai avait disparu, la maison de Bernadette aussi. Il fallait se rendre à l'évidence: l'amarre avait cédé. S'agissait-il d'un mauvais tour que les lézards lui avaient joué? Cela aurait été assez dans leur manière. Mais ils en seraient pour leurs frais, car la chatte Aurore se réjouissait de cette aventure imprévue. Il y avait longtemps qu'elle attendait une occasion de partir. L'autre jour encore, elle avait failli sauter dans la camionnette d'un livreur, mais, au dernier moment, elle s'était ravisée. C'était la peur d'inquiéter Bernadette qui l'avait retenue. Maintenant, elle ne pouvait plus reculer. Tout irait bien. Il suffisait de ne pas paniquer et de s'en remettre à sa bonne étoile.

Un petit vent venait de se lever. La lune éclairait la grande île vers laquelle se dirigeait la barque. L'île du Bien-Aimé... Dans ses moments de mélancolie, la chatte Aurore imaginait que le fugitif s'était réfugié là. Elle avait tant d'imagination! Mais, au fond, elle n'était pas dupe. Elle savait que le Bien-Aimé avait mis entre lui et les lézards une distance que ces derniers n'auraient jamais le courage de franchir. Ils étaient bien trop flemmards pour ça!

De près, l'île paraissait déserte. Elle était entourée de gros rochers plats qui ressemblaient à autant de sentinelles en interdisant l'accès. La barque parviendrait-elle à se faufiler entre ces écueils? Comment cette aventure se terminerait-elle? Surexcitée, la chatte Aurore se posait mille et une questions. Une fois rendue à terre, trouverait-elle de quoi manger? En serait-elle réduite à se nourrir de grenouilles comme la belle Mascara? Mais, après tout, si la princesse se régalait de ces créatures répugnantes, pourquoi ne s'en contenterait-elle pas? L'île était-elle réellement déserte? N'abritait-elle pas des bêtes sauvages qui risquaient de lui faire un mauvais parti? La chatte Aurore était si ignorante des mœurs des autres espèces animales! Avec un peu de chance, elle rencontrerait peut-être le grand héron que Bernadette avait réussi à apprivoiser? Cet oiseau n'était pas antipathique et, d'après Bernadette qui l'observait souvent à la jumelle, il avait l'habitude d'aller dormir dans l'île.

La barque contournait un monticule de pierres derrière lequel s'étendait une plage de sable blanc. La chatte Aurore était médusée: elle avait sous les yeux la reproduction exacte du paysage qu'elle avait tant de fois entrevu en rêve! Mais elle le voyait sous un angle différent. Vu de la plage, le monticule de pierres avait la forme d'un gisant dont le profil se découpait sur le ciel étoilé. Le visage du Bien-Aimé resplendissait sous la lune. La chatte Aurore reconnaissait chacun de ses traits adorés.

Peut-être le Bien-Aimé était-il devenu fou, malade, peut-être même s'était-il perdu en mer et avait-il fait naufrage? Cela n'avait plus d'importance, puisque son image était immortalisée dans la pierre.

Le voyage est une suite de disparitions irréparables.
PAUL NIZAN

J'ai reçu une lettre de Carlotta. Elle a terminé son mémoire sur les tortues terrestres. Infatigable, elle parcourt à nouveau le monde. Avec d'autres écologistes, elle sillonne les océans, effectue des prélèvements, dénonce les coupables, organise des campagnes de presse et des actions d'éclat. «*Oh! listen! let me tell you,* Gabriel, s'exclame-t-elle avec la même ferveur inquiète qu'autrefois, *have a look around and you'll see,* Gabriel, *we've made a mess of the whole earth*: sols contaminés, forêts moribondes, mers asphyxiées, îles en détresse... *no time to rest*, le temps presse, secoue-toi, Nom de Dieu! pars, *there's still hope*, le jour viendra où le soleil se lèvera sur la mer qui brillera comme un miroir, crois-moi Gabriel, *don't you remember that song you used to sing*, elle me trotte encore dans la tête: «Ne tuons pas la beauté du monde...» quelque chose comme ça, j'ai oublié la suite...»

Admirable Carlotta! Hélas! nous ne sommes pas sur la même longueur d'ondes. Elle chante ma chanson et moi la sienne. «*I am a rock, I am an i-i-i-island...*» fredonnaitelle les jours de *garua*. J'ai oublié la suite, mais je peux l'imaginer.

Carlotta a raison. Je partirai sans plus tarder. La mer est grosse, mais je n'ai plus rien à faire ici où je suis désormais interdit de séjour. J'ai tout prévu – embarcation, cartes géographiques de l'archipel, boussole et compas, réserves de nourriture et d'eau douce –, même si j'ignore encore quelle sera la destination finale du voyage que j'entreprends. Chose certaine, ce sera le dernier. Je n'irai pas plus loin.

Allongés sur le pont de L'Âge d'Or, Alexis et Marianne avaient les yeux fermés. Ils en avaient marre de la mer! C'était toujours pareil: seules les couleurs changeaient un peu, au gré des fonds et des courants.

Il n'avait pas été difficile de harponner les plaisanciers de la rivière des Mille-Îles. En dépit de leur âge, ils s'étaient lancés tête baissée dans l'aventure. Partir en croisière était un vieux rêve qu'ils caressaient depuis longtemps. Il avait suffi de le raviver. À leur instigation, les plaisanciers avaient remisé le catamaran dans le hangar à bateaux et remis en état le grand voilier qu'ils avaient acheté d'occasion. Le départ s'était effectué dans l'allégresse générale. Les quatre passagers de L'Âge d'Or avaient fêté jusqu'à une heure avancée de la nuit. Le lendemain, les plaisanciers avaient la gueule de bois et ils étaient d'humeur massacrante. Inexplicablement, ils n'en avaient pas changé depuis.

L'Âge d'Or avait fait escale à Puerto Ayora où les plaisanciers avaient à faire; malgré leur insistance, ils avaient refusé de les accompagner. La veille, ils avaient fait le tour du village qui semblait désert. À part les tortues de la station Darwin, il n'y avait pas grand-chose à voir dans ce trou perdu où aucun touriste n'aurait eu l'idée de s'attarder.

Le pont était jonché de peaux de bananes et de miettes de biscuits secs. Cela allait à l'encontre du règlement de L'Âge d'Or. Les plaisanciers ne supportaient aucun laisser-aller. Ils les traitaient commes des domestiques. En partant, ils leur avaient enjoint de laver le pont, de nettoyer les cabines, d'astiquer les cuivres et d'éplucher les pommes de terre du déjeuner.

La vie à bord de cette galère était un éternel recommencement! Il y avait toujours un pont à laver, des cuivres à astiquer, des pommes de terre à éplucher et, surtout, des tonnes de cordages à dérouler ou à enrouler. À force de tirer, de hisser, d'attacher, ils avaient les mains couvertes de callosités.

Le règlement de L'Âge d'Or interdisait la grasse matinée. À la barre du jour, le ramdam commençait. Le capitaine hurlait ses ordres à sa «seconde» qui les leur transmettait. Il fallait se faire à ce jargon incompréhensible – ne pas confondre par exemple la drisse avec l'écoute ou le foc avec la misaine. Quand une manœuvre était mal exécutée, le capitaine se mettait en colère. Il avait très mauvais caractère. Sa bonne femme n'était pas commode non plus. Elle ne s'emportait jamais, mais s'exprimait d'une voix brève qui glaçait les sangs. Ils osaient rarement répliquer. D'ailleurs, à quoi cela aurait-il servi? Les plaisanciers avaient toujours le dernier mot.

Les pêcheurs du village s'émerveillaient devant L'Âge d'Or, les plus jeunes surtout, que l'Amérique du Nord fascinait. L'un d'eux, un dénommé Rodriguez, avait fait la connaissance d'un visiteur canadien qui avait longtemps séjourné aux îles. Hélas! regrettait-il, il n'avait noté ni le nom ni l'adresse de cet étranger peu loquace. Maintenant, il était trop tard. La rumeur disait qu'il avait disparu.

Malgré l'intérêt mitigé manifesté par son auditoire, le *señor* Rodriguez avait poursuivi son récit. Peu après la disparition du jeune homme, l'une de ses compatriotes était venue à sa recherche. Elle l'avait manqué de peu. À peine arrivée, elle était tombée malade. Le docteur Carvalho l'avait soignée et elle achevait sa convalescence au Las Rocas. D'après les racontars, la malade parlait couramment l'espagnol, même si elle n'était guère plus loquace que son compatriote. Elle avait fait deux ou trois excursions dont elle était revenue épuisée. Depuis, elle ne s'éloignait plus du village. Les jours de *garua*, elle s'empiffrait de *chips con salsa* avec le héron du bar qui ne la quittait pas d'une semelle. Les jours de beau temps, elle paressait au soleil avec les femelles otaries qui s'ébattaient sur la plage. Depuis quelque temps, elle s'était mise à peindre.

Le *señor* Rodriguez était intarissable. Une histoire n'attendait pas l'autre. La dernière n'était qu'un fait divers qui n'avait guère plus d'intérêt que les tribulations de ressortissants canadiens (quels qu'ils fussent...) en terre équatorienne: un volcan avait émergé des profondeurs de l'océan; en quelques jours, un anneau de lave était apparu au large de l'île d'Española; l'éruption avait eu lieu au début de la saison des pluies.

Les plaisanciers étaient férus de ces phénomènes naturels. «La mer avait accouché d'une île!» s'étaient-ils exclamés en congratulant le pêcheur qui avait baptisé sa découverte: *Isla sin Nombre*. Ils s'étaient précipités sur leur cartes, leurs sextants, leurs compas. L'Âge d'Or irait croiser dans les parages de cette île qui ne figurait sur aucune carte. Mais les autorités du Parc accepteraient-elles que les voyageurs modifient leur itinéraire? Les plaisanciers étaient allés les rencontrer dans l'espoir d'obtenir leur approbation. S'ils l'obtenaient, ce voyage interminable se prolongerait encore. La grande île d'Española était située au sud de l'île de Santa Cruz, à l'écart du reste de l'archipel; l'*Isla sin Nombre* était encore plus loin, à une cinquantaine de kilomètres au sud-ouest de sa voisine; le détour était considérable.

Or, Alexis et Marianne en avaient marre de la mer! Ils en avaient marre de L'Âge d'Or! Ils en avaient marre de ces paysages déchiquetés! Ils en avaient marre de ces îles du Diable qui ensorcelaient les Canadiens errants. À la longue, cet archipel était sinistre – surtout en cette saison où tombait chaque jour une petite pluie que les autochtones appelaient *garua*.

À la première occasion, ils fuiraient L'Âge d'Or. Mais ils ne s'aventureraient pas seuls en terrain inconnu. Ils remettraient leur sort entre les mains de personnes réellement désintéressées qui, elles, les aimeraient sans rien exiger en retour. En attendant, ils déclencheraient une grève du zèle qu'ils poursuivraient jusqu'à ce que L'Âge d'Or ait mis le cap sur l'hémisphère nord. En cas de représailles, ils se barricaderaient dans leur cabine d'où ils ne ressortiraient pas, même si les plaisanciers en enfonçaient la porte. Et, quand L'Âge d'Or longerait les côtes de l'*Isla sin Nombre*, ils jetteraient à peine un regard par le hublot.

Il prit l'habitude de dire JE *en parlant de l'*ÎLE
et IL *en parlant de lui : sa raison avait chaviré.*

ROLAND TOPOR,
Îles de la société

Il ne sait pas très bien ce qu'il dit. La distance est devenue telle que, désormais, nul ne l'entend. Moi seule tressaille encore au son de sa voix.

Mon tablier de basalte craquèle sous son poids. Il marche en zigzaguant entre mes crevasses. Par endroits, le feu couve encore sous la cendre.

J'exhale d'âcres fumerolles qui le font tousser. C'est que j'émerge à peine des profondeurs de l'océan.

Les vapeurs de soufre l'enivrent. Il danse sur le volcan avec désinvolture. Pieds nus, il dérive dans le brouillard.

Il ne regarde pas toujours où il met les pieds. Parfois, il bute contre des chaos de rocs. Insensible à la douleur, il poursuit son chemin.

Cet homme qui tangue sur un océan de laves ne sait plus qui il est.

La nuit, il s'allonge sur l'une de mes coulées. Je frémis. Je suis agitée de secousses. Mais, de peur de le brûler vif, je me contiens.

Avant, je fulminais. Je bouillonnais comme une marmite. Avec fureur, je venais au monde.

Lui, il assistait de loin à ma naissance tumultueuse.

En quelques heures, il a franchi le bras de mer qui me sépare de l'île voisine.

Avec des branches de *Palo santo*, il avait fabriqué une sorte de radeau. Autour de lui, les fous à pattes rouges faisaient bombance. Asphyxiés par la chaleur, des centaines de poissons morts remontaient en surface. Les vagues déferlaient sur le plancher du radeau. Au terme de la traversée, il avait le corps brûlant.

La formation de mon anneau est achevée. Sous la plate-forme, le volcan s'est éteint. Je ne flambe plus, mais je dégage encore une chaleur intense.

La mer menace de m'engloutir. Mon existence est précaire. J'oscille au ras des flots comme un bouchon de lave.

Il «déparle». À qui s'adresse-t-il au juste? Il ne le sait

pas lui-même. Par habitude, il continue de penser à voix haute.

Son cœur est froid comme la pierre. Il mue. Au terme de cette mutation, il ne souffrira plus.

Avant longtemps, prophétise-t-il, je chavirerai au fond de l'océan. Alors, ce sera la fin.

Toutes les douze heures, à marée basse, il descend nager. Comme les iguanes de mer, il vit au rythme lunaire. Il se nourrit d'algues. Elles ont un goût amer et salé qui lui plaît. Avec un coquillage évidé, il recueille un peu d'eau de pluie.

Quand il est entré par une faille de mon anneau, il était nu. Le même jour, une vague a emporté son radeau à la dérive. Il n'a pas cherché à le retenir. Maintenant, il ne possède rien d'autre que cette conque marine dans laquelle il boit.

Il est né dans une cité insulaire de l'autre hémisphère. Par lassitude ou par dépit, il l'a quittée.

Longtemps, il a erré au travers de l'archipel. Il avait toujours l'esprit ailleurs. À la fin de son voyage, il m'a découverte. Avant, je n'existais pas parce que je n'avais pas de nom. Il m'a donné le sien.

Je n'ai rien à offrir au voyageur égaré. Il erre dans un désert de pierres. Mais il n'a besoin de rien.

L'autre jour, un héron des laves s'est posé sur moi. Avec son bec, il fouillait les cendres. Il n'a rien trouvé. Il faudra des milliers d'années avant que les *coldenia* et les *chamaesyce* colonisent mes flancs. Sans doute ne survi-vrai-je pas jusque-là. Tôt ou tard, je serai submergée.

Avant, il nageait dans la mer. De peur de suffoquer, il maintenait sa tête hors de l'eau. Maintenant, il plonge dans la lagune qui s'étend au centre de mon anneau. Là, la mer est brûlante. Au sortir de l'eau, il frissonne comme s'il avait la fièvre.

Il parle par ma bouche d'où s'écoule à peine un filet de voix.

La mer est vorace. Chaque jour, la lagune s'élargit davantage. Mon anneau se resserre comme un étau.

Peut-être resurgirai-je un jour des profondeurs de l'océan? De la *bocca* du volcan, jailliront à nouveau des torrents de lave.

Il renaîtra de mes cendres tel un phénix de pierre.

Il regarde à travers le brouillard les constellations des deux hémisphères.

L'une d'elles ressemble un peu à un chat. Il l'a baptisée «Aurore».

Il dort. Dans son rêve, un vaisseau fantôme émerge paresseusement de la *garua*.

Des théories d'étrangers défilent devant la plateforme.

Il ne rêve plus.

Bientôt, il tombera comme une pierre au fond de la fosse sous-marine où brûle le feu central.

CET OUVRAGE
COMPOSÉ EN SOUVENIR CORPS 12 SUR 14
A ÉTÉ ACHEVÉ D'IMPRIMER
LE PREMIER FÉVRIER
MIL NEUF CENT QUATRE-VINGT-DIX
PAR LES TRAVAILLEURS ET TRAVAILLEUSES
DES ATELIERS GRAPHIQUES MARC VEILLEUX
À CAP-SAINT-IGNACE
POUR LE COMPTE DE
VLB ÉDITEUR.

IMPRIMÉ AU QUÉBEC (CANADA)